文学者とは何か

安部公房
三島由紀夫
大江健三郎

Kobo Abe
Yukio Mishima
Kenzaburo Oe

中央公論新社

文学者とは何か　目次

装幀　中央公論新社デザイン室

文学者とは何か

文学者とは

安部公房
三島由紀夫
大江健三郎

文学者を志した動機

大江　「何のために小説を書くか」ときかれてね、「お金のために」と答えるとすっきりしているから、そう答えるけれども、実際にははっきり結びつく動機があったわけではない。文学部の学生が、スムーズに小説を書きはじめたということで、だからそれを志さなかったし、動機があって志すようなことでもなかった。

三島　安部さんやぼくのころには処女作が当って忽《たちま》ち金持になるというような時代ではなかったからね。そういうことは石原慎太郎さんのころからだよ。やっぱり「志す」などという言葉には、田舎から笈《きゅう》を負って上京するという雰囲気がどこかにあって、自然主義文学の時代の空気だね。文学などというものは「志す」ものでもなし、文学者を志すなどというのは明治末期の考え方だね。もっとも大江さんはいつから東京にいるの?

大江　五年くらい前からです。

三島　でも、それは別に小説家になろうとして上京したわけではないものね。だから、それは知らない間に書いちゃったんだよ。

安部　現象的にいえば、それが普通だろうね。だけど、どうなんだろう、三島さんなんかの場合には、一応文学というもののイメージが最初にあったんじゃないかしら。

三島　ぼくは子供のときお伽ばなしを書いたり、そんなことから谷崎さんのものなど読みだして、小説みたいなものを書いてみようと思ったり、そんなところからだんだんなってきたので、さあ文学者になりましょうと思ったのは文士になってからだね。文士になってからいやあれはストーリー・テラーだとか小手先だとかいわれるので、そんなら小説家になってやろう、私は小説家にならなければならないと考えたので、それは文士になって原稿が売れ出してからですよ。

安部　それはそういうものかもしれない。ぼくなんかは、もっと極端で、だいたい学校が文科系じゃなかったでしょう。だから文学青年的コースをぜんぜん抜きにして来ちゃったな。

それが生きることとみたいに、とつぜん書きだしてしまって……ある意味では過大評価だったかもしれない……むしろ数学の解答を出すとか、何か新しい発明をするとか、そんなようなものだったな。

三島 大江さん、最初に小説らしいものを書いたのはいつ？

大江 原稿紙に書くようになったのは去年のはじめ。

三島 その前ちっとも書いたことはない？

大江 ほとんど書かなかった。

安部 その前は？

大江 高等学校のころは受験勉強だけしていたな。

三島 あなたはよくウソをつくというけど、ほんとだね。（笑）

大江 小学生のころは戦争中でしょう、本なんか読みませんでしたよ。それから文学少年的雰囲気もなかった。

三島 でも戦争中だからぼくは文学少年になっちゃったという傾向がずいぶん強い。

大江 それは都会の子供と田舎の子供とのちがいでしょう。

安部 時期もあるな。ぼくも戦争中のおかげで、哲学少年みたいになっちゃった。

三島 マチネ・ポエティクの人たちも戦争中だから非常に文学臭が強くなったということが

ある。

大江 戦争が終ったのがぼくの小学校五年生のときだから。

三島 なるほど、だいぶちがうなア。

安部 発明ということと、書くという動機と何か結びつきがあるのじゃないかしら。たとえば椎名麟三など、いろんな発明をしていたんでしょう。紙を皮革にする発明とか、バケツをさげる道具だとか（笑）彼も小説家になる前はそういう変なものを一生懸命発明していたわけだ。あの精神は、たしかに創作とつながるものがある。

三島 そうかもしれないな。だけどぼくには発明欲というものは全然もとからないよ。ぼくは人のまねをするのが好きで、何かいい読物を読むとすぐまねしたくなる。

安部 それはあるね。演技性だね。

三島 それのほうが強かったな。オリジナリティを求める意識よりも何か傑作のまねをしようという気持のほうが強かった。谷崎さんのものなら初期のもので、ぼくは「盲目物語」と同じスタイルのものを書いたことがある。そういうことを一生懸命やっていた。ダリがはじめ摸写ばかりやってたでしょう。ああいうようなことね。安部さんが発明家だというのはちょっとわかるよ。

安部 いや、椎名麟三が発明家だと言ったんだよ（笑）。でも、ぼくも、そういう傾向はあるな。子供のときから、猛獣狩りに行きたかった……。

三島　それはだれでもそうでしょう。ぼくもそうだった。

安部　探検とか発明とか、だれでもそうだろうな。

三島　南洋一郎の『吼《ほ》える密林』とか、あれは何度読んだか知れない。

大江　古い本でぼくも読んだ。

三島　山中峯太郎の軍国主義的冒険小説、ああいうものも一生懸命読んだ。――大江さんがはじめて小説を書いてみようと思ったとき、どんなふうに書こうと思ったですか。

大江　フランス語を読めるようになってサルトルの小説を全部読んで、そこで小説を書いてみようと思ったんです。

三島　サルトルではどういうものが一番好きですか。

大江　短編小説はほとんど認めないんです。長編小説、『嘔吐』は別ですけれど、「分別盛り」が一番りっぱで、「分別盛り」のように三十歳から四十歳くらいの実に男らしいインテリが出てくる小説を書きたいということもあった。

三島　ぼくはサルトルの長編では「ジュリアン」という人物が一番よかった。――いや、「ジュリアン」じゃない、何だったっけ。

大江　ダニエルじゃないですか。

三島　うん、そうそう。
大江　あの立派な男色家の感じ方や考え方はランボーのイメージ、サルトルの作品のなかのランボーに影響された側面を代表しています。
三島　あの「ダニエル」という人物はよく描けている。
大江　ぼくも好きです。
三島　あいつが朝ヒゲを剃るところの描写など凄い。あなたの小説に出てくるのは「ダニエル」に近いんじゃないの。
大江　そうです。
三島　「ダニエル」は男らしいかね。
大江　じつに男らしい。
三島　それであなたの「男らしさ」の定義がわかったような気がする。面白い。

既成文壇について

安部　ぼくは、率直にいって、小説を書きはじめるまでは文壇というものがあるということさえ知らなかった。だから周囲の人もよほど驚いたらしい。今でも口頭試問なんかにそんなことが出たら、きっと落第しちゃうね。まったく何も知らなかった。そしてそのままの状態でずっと来ちゃったんだ。だから正直にいって、既成文壇に反対するとかなんとかいうよりも、はじめからほとんど問題の対象にならないのだ。

三島 平行線だな。

安部 そう、平行線。

三島 では、かりに舟橋聖一などという人を考えるときに、あなたにはどういう目で浮んできますか。

安部 それがちっとも浮ばないんだよ（笑）。どういうものかしら……。

三島 ぼくは谷崎さんのものを中学時代から読んでいたけど、売り出し時代のことを書いた随筆「青春物語」などには、鳴り物入りで花道に出るということをご当人も喜び世間も喜んでいた時代のことが書いてあるでしょう。あれなんか読んで、すこし憬れたね。つまり既成文壇というちゃんとしたものがあって、そこへ出ていくということにね。

安部 知っていれば、そうかもしれない。ぼくの場合は、知らないから、何とも憬れようがなかった。

三島 ぼくがそういうものに憬れていたことは確かだけど、実際にはなかった。そして谷崎さんのころのような大正期のああいう豊かな文学的雰囲気はなくなってきていたしね。戦後既成文壇というものは何とかふしぎな形で存在して、それにわれわれは出たような形だけど、もう昔の面影はない。まあ歌舞伎座へ出るつもりで俳優座に出ちゃったようなもんだ。(笑)

安部　こういう問題は、知らないから、いかにもよそよそしく言えるんだけれど、いわゆるマス・コミの問題なんかにもひっかかってくる問題だろうけれど、とにかくジャーナリズムのシステムがすっかり変ってしまっているからね。文壇というようなものに、商品価値があれば利用するだろうけれども、なくなれば棄てるということで、要するに大した問題ではなくなっているのじゃないか……。

三島　ぼくも今そういう感じだ。だから伊藤整さんなんかと話すと、そこがいつもふしぎなんだ。伊藤整さんばかりでなく、あの年代から前の人はとっても何か考えてるね。世間さまに対して恥かしいというイメージを持っている。おれたちにはそれがないものね。ただ、大江さんなどから見ると、安部さんやぼくは既成文壇かね。

大江　そうです(笑)。ぼくなんかずっとあなたたちの読者だったから。たとえば高校生のぼくが三島さんが東大で講演なさるというポスターを見たりしてね。

安部　それは世代の問題であって、文壇の問題じゃない。

大江　ずいぶん上の世代の人たちが文壇にいる、そういう感じであなたたちがいらっした。小説を書きはじめると事情がかわって文壇がそんなに気になりませんね。文壇のかわりに編集者と作家との関係というふうにおきかえられるように思う。電車の中で小説家に会っても挨拶もしませんしね。そして既成作家に対しては読者として対するだけですね。

三島　今まであなたは読者だったけれども、これからは忙がしくて読んでいられないよ。だから中へ入ったら読者であることはできないね、お互さまに。もっとも中には丹念に読んでいる人もあるけどね。大江さんに聞きたいのは、安部さんやぼくと、たとえば石川達三さんなり舟橋さんなんかと、どういうイメージの差があるかということだよ。

大江　イメージの差はすこしもないな。(笑)

安部　めちゃくちゃだね。(笑)

三島　なるほど、それはおもしろいじゃないか。

安部　ぼくもだいぶ株が上《あが》ったかな。(笑)

三島　そうかね、ぼくなんかだいぶそれがあるね。つまり舟橋さんや石川さんは、その作品を尊敬するとかしないとかいうことは別問題として、やはりわれわれとはちがう人種で、鳥にすれば何とか目という目《もく》くらいのちがいがあるような気がする。

安部　まあ三島由紀夫の場合には、さっき大江健三郎が指摘しているようにある程度の交友関係というものはあるでしょう。ところが、ぼくなんか、交友関係さえないんだ。おかしな話だけど、芥川賞の選考委員というのがあるでしょう。ああいう人たちに、ぼくは会って話したことはまだ一度もないんだからね。現実はそれくらいになっちゃっているんだ。だから、文学者同士そんなに仲がいいと思ったら大間違いだよ。

大江　けれども安部さんは文学サークルなどを通じての友達があるでしょう。ところが、ぼくなんかそういう友達がすこしもありませんね。

三島　でもそれは時間の問題で、必ずできてくるよ。初めはぼくも友達はなかった。ぼくは初めは文壇としての友達というのは「人間」の編集長の木村徳三さんだけだった。そして木村さんに相談して、いろいろ作品を見てもらったりしていた。それ以外に友達はいなかった。だから、あなたもそのうちだんだんできてくるよ。

安部　文壇という概念は、大江健三郎が言ってるような意味とは、またちがうように思うね。もうちょっと中世的な、一種のギルドみたいなものだからね。実質的には、もうないとは思うが。

大江　いわゆる文壇という言葉には編集者の概念が導入されてないでしょう。ところが今は編集者が非常に大きい場を占めている。

三島　非常にアメリカ的な形態になって来ている。

安部　アメリカはそうだからね。

大江　フランスだってそうでしょう。

安部　しかしまだアメリカほどのことはないだろうね。アメリカだったら作家同士というものはほとんど交際がなくて、だれがどこに住んでいるかもわからないような状態らしい。フランスはそうでもないらしい。

大江　フランスは雑誌があるから。

安部　そうそう、それに運動もあるし。

編集者　既成文壇をぶっ潰せという気持は……。

大江　ぼくはありません。

三島　向うにディグニティ〔尊厳、威厳〕がないんだね。

大江　みんなが別べつのディグニティをもって別の場所で仕事をしている。ぼくはグラウンドをどんどん独りで走って、また独りでスタートラインに帰ってくるみたいな感じだ。

三島　みんなそうなっちゃった。グラウンドを一緒に走ってないんだものね。

文学運動について

三島　ぼくは文学運動などあまりカッとなるものはないんだけど、芝居が好きだから、岸田さんの「雲の会」のときにはちょっとカッとなった。小説家と劇壇とがあまりに離れているから、それをくっつけようという試み、あの運動はあれで終ったのでなくて、いまだに続いていると思う。つまり安部さんの芝居のほうの仕事、武田泰淳さんとか椎名さん、中村さんが芝居を書く、それはみな「雲の会」の延長だと思う。たとえば椎名さんが書いている極限状況的なものがいかに芝居を書くことで新鮮に具体的に発見されるか、もちろんそれを発見したのは椎名さん自身だけれど、そういうことに対する「雲の会」的な風潮というものは大きかったと思う。大正時代にも文壇と劇壇と接近したことがあったでしょう。ところが、あの時代には接近はしたけれども、文士が劇的なテーマを持っていなかった時代だから、非常にディレッタント的な芝居しかできなかった。だけど今は文士の劇的関心というものにかなり本質的なものがあると思う。あの「雲の会」はわれわれのやったいちばん運動らしい運動だったというふうに思われる。今度ぼくたちがやる「声」は、文学運動は死んだというところから出発しているから、おのずから問題は別です。ぼくは今やそう思っている。

安部　大江健三郎もあまり文学運動は関係ないというけど、ぼくなんかは、むしろ文学運動で育ってきたようなものだな。最初「夜の会」というのがあった。よかったな。「夜の会」というものがなかったら、実際ぼくなんかここまで来られたかどうかわからない。途中、「近代文学」とか、いろんなものとの結びつきもあったけど、結局あの「夜の会」を中心にずっと来て、今「記録芸術の会」というのをやっているわけだ。もちろん運動にはいやなこともあるし、というより、しょっちゅういやになっているわけだけれど、やはり終始一貫運動意識というものが自分にもあったし、またそれに支えられてきたな。

三島　それでは仮想敵は何だい。

安部　それはたくさんあるよ。極端に言えば、全面否定みたいだったな。なにしろ、アヴァンギャルドだからね。しかしぼくは敵については無知だったから、むしろ自分勝手なものをつくるのにいっしょうけんめいだった。いやむしろ、自分を壊すことだったかもしれない。運動というのは、そういうものだな。しかしこういうことは、ネガティヴな形では、三島さんにだってあるんじゃないの。

三島　さあね——何かあまりカッとしないんだね。

安部　いや、カッとしなくてもいいんだ。それはカッとするというようなものでなくて、むしろ会に出るのがいやで、こんなものに会費を払ってバカバカしいと思うようなこともあるし、カッとするというようなことでなくて、むしろ氷漬けになったみたいなものだよ。

三島　ぼくは集団的なものに触れるという面は芝居をやることで満足しちゃう。小説家は孤独な仕事だけど、芝居は集団芸術だから、とにかくみんなでワイワイいってね。しかしあれにつき合い続けているとバカになりそうだから、適度に切り上げる。そんなふうに芝居と書斎の間を往復している。

安部　まあ日本の現状では、芝居というのは、半分運動で半分非運動だからね。

三島　新劇などまだまだ運動としての要素が多い。でも、ぼくはそういう議論にはわりに無関心なんです、それほど新劇運動の中にぼくは入ってないから。

大江　ぼくは文学運動をするつもりはありません。ぼくは文学部の学生でしょう。フランス文学部の学生は、討論する主なテーマがフランスの現代文学なんですよ。だからそれで運動の中で揉まれたりするような満足感がある。一方、小説を書く場合は非常に個人的で、友達の言うことなんか聞きはしませんからね。そういうところで反運動的な側面もあるし、だから学校を卒業して独りぼっちになったら運動したくなったりするかもしれない。

安部　しかし運動には、一応はっきりした方法意識というものがなけりゃならないでしょう。ただ単に討論するというのでなく、たとえばぼくらだったら、社会主義文学というか、そういうものと、アヴァンギャルド芸術というものとの、矛盾とか統一とかいうようなところに主題があるわけだ。そういう方法上の共通点がないと、運動は成立しない。教室の仲間とはすこしちがうのじゃないか。

大江　日本の文学運動では片方では集団創作とか大衆参加というようなことが問題になる運動がある。そして、片方では、文学運動といっても結局サロンみたいなものがつくられる。ところが学校はその二つがくっついているんです。

三島　学校って、そういう効果があるとは知らなかった。
大江　アカデミックでなくなってますからね、今の学校は。
三島　そうすると、あなたは文学部なら文学部で友達がいるわけでしょう。
大江　います。
三島　ぼくなんか法学部では、全然顔も知らなかった。二十五番教室で顔を合せても、名前も知りはしない。
大江　ぼくは毎日同じ学校で一日中一緒にいますよ。ご飯も一緒に食べるし……。
安部　ぼくなんか医学部だったから、ちょっと見当がつかないがね。しかし、そうじゃなくてぼくら逆にいいことだったというふうにも思っているが、そういうものかなア……。
三島　ぼくはどうもその点懐疑的だけどね。
大江　ウソだと思っている。（笑）
三島　だって、大学の学生って数が多いでしょう。まったくの寄り集まりで、自分だけ悧巧《りこう》だと思っていればいいけど、バカが多いからね。大江さん、その中に入っていて、みんなバカだと思うでしょう。
大江　いや、そんなふうには思わない。十人くらいはとてもりっぱなのがいますよ。
三島　そういう考え方もあるし、ある意味ではりっぱだろうけど、ある意味ではバカだろう。

もっとも高等学校時代には、あまり友達はバカだとは思わないんだよ。だけど大学へ行くと、どうもそう思うね。もっとも向うもそう思ってるからあいこだけどもさ。

安部　そうだ。あいつ、ずいぶん変な野郎だと思われているよ。ぼくは高等学校のころからそうだったらしいな。こっちでも、どうしてこうバカばっかりなんだろうと思っていた。今考えると、それほどでもないんだけどな。

三島　やっぱりゼネレーションがちがうのかしら、それともこのごろの学生は悧巧になったのかしら。

大江　ぼくは学校で同人雑誌をつくるというと、それには絶対参加しない。興味も持てないし。そういうことはあります。

三島　あなたのいう悧巧とかバカというのは学問の上での話じゃないか。学問はいくらできても、バカはバカですよ。大学教授になったって、バカは治るものじゃない。

安部　教授になれるというのはとにかく一つの特殊な才能だからね。

三島　小説家という立場と自分の学問とのギャップは感じませんか。

大江　小説を書く上では、ギャップというものではなくて、一種の無関係さですね。

三島　たとえば木下杢太郎などはそういう自分の学問とあれとは全然関係ないからよかったろうけれども、そうでなくて、文学を学問とした文学者というのには、本来、「文学に関係した学問」というもののバカらしさがどうしても目について来て、いつまでもそういうギャップがつきまとうと思うがなア。だから文学者が安部さんのようにプラクティカルな学問をするのはいいいんだ。

批評家について

安部　ぼくら一応自分でも批評家のつもりでいますが、現実的にたとえば月評の専門家についていうと、ぼくなんか終始一貫悪口しか言われたことがないからね。

三島　そんなこと決してないよ。

安部　そうだったんだよ。だから、しまいには麻痺しちゃって、悪口を言われるのが普通みたいな気持になっちゃってね。批評家とはああいうことを言うものだという感じで、だから結果として何も被害はなかった。

三島　三好達治の詩にこういうのがある〔「パン」?〕。詩人が犬を連れて歩いていると、傍の池へポトンと小石が落ちる、犬が吠える、そうすると詩人が犬をなだめて、「気にするな、あれが批評というものだよ」という。しかし、ぼくの経験では、いわゆる出だしのころの批評がいちばん気になって、そのころやっつけられたのはいつまでもおぼえている。その人の顔を見ると「あいつ、いやなやつだ」といつも思い出す。それから後の悪評は割にあとに残らない。大江さんなど今いちばんナーヴァスだろうと思う。

大江　批評されると、褒められても、やっつけられても、気分的には非常にぐらつきますね。けれども、結局忘れちゃうし、小説を書くときにそれが逆に作用して小説が変ってくるようなことは特殊な場合をのぞいてほとんどありません。

三島　でも、そいつに対して怨《うら》みを感じないですか。

大江　怨みというよりも、たとえばゴシップ中心に批評する人たちがある、そういう批評を読むとこんなゴシップめいたことを書いていて生き甲斐があるのだろうかと思ったりする。

三島　ああそうか。(笑)

大江　結局、小説家の機能と批評家の機能とはそれほど本質的にからみあっているものじゃありませんね。たとえば小説家が批評家にこう批評されたからといって、そこではっきり変って別の小説になるということじゃありませんね。

三島　まあ批評には教育的な機能は全然ないね。批評に教えられたということも、ぼくはあまりない。ただ、ぼくは批評というものによって自分の作品が一つの物体になっているというよろこびは感じることがある。自分の作品が批評の対象になり、非常に客観的な物体になっているような、自分の作品が大理石になり、それがすばらしいのみさばきでどんどん彫刻されてゆくような、そういう批評にぶつかると、よろこびを感ずる。それは理解とか無理解とか、誤解とか偏見ということと関係なしに、自分の想像しない批評であってもかまわないが、そういうよろこびを感じさせない批評というものは悪い批評だろうと思う。

安部　そういうことは確かに言える。問題を意識させる力を持った批評はいい批評だ。自分についての批評だけでなく、他人についての批評でも、読んで問題が感じとれるような批評はいい。そういう批評でなければね。しかしいかにもくだらねえと思うような批評が多いからなア。問題もなにもなく……。

三島　事実とまったくちがうことを書いていることがある。しかし、そういうのは黙殺するよりしようがない。あとになれば落ちつくんだけれど、くだらないものにいちばん腹が立つ。

安部　名前を具体的にあげてもしようがないけど、まったく勘弁ならぬという批評家がいるね。ぼくは生活派と美学派のどちらも、そこに居すわっちゃった批評家はいやだ。矛盾を感じないのは、芸術が分らないか思想がないかどちらかだよ。ぼくは、問題点を感じさせられた批評家では花田清輝が一番だったな。なるほどと思わせるだけなら、ぼくの友達にはいろいろ有能な批判家が多いが……。

三島　ぼくはだいたい共産党では安部さんと花田さん以外はみな嫌いなんだ。前にいるから言うわけじゃなくて、これはだれにでも言ってることですが、あなたと花田さんだけは好きだ。
安部　花田清輝はあなたが贔屓だからね。
三島　そのせいかもしれない（笑）。しかしおもしろい一つのスタイルをつくったね。
安部　批評精神というものがある。もっともそれだけなら花田清輝に限らず、ほかにもいるが……。
三島　ぼくは批評家の友達が多いので困るけど、やっぱり小林秀雄というのは偉い人だと思う。はじめはよくわからなかったが、だんだんものすごく偉い人だと思うようになったよ。
大江　ぼくは江藤淳を高く評価しています。
安部　君と江藤淳の組合せというのは、多分とてもいい組合せだよ。
三島　これから作家がそういうふうに批評家と組むというか、二人三脚で行くという形も考えられるし、戦後の作家はたいていそれで出てきているんだよ。これは一つの新しい傾向だと思う。戦前の作家は大体批評家とあくまでにらみ合いの形で仕事をしてきたけれども、ここにいる三人はある意味でみな批評家のおかげをこうむっている。ある意味ではみんな二人三脚をやってきたんだよ。
安部　おれはその二人三脚から落ちたような感じがしているよ（笑）。だけど、ぼくがさっき言った文学運動というものは結局そういう二人三脚みたいな形が、もうすこし必然的な形をとった場合のことを言っているんだよ。

三島　戦前の画一的な文学概念が崩れて、一人一人いろんな新しい作家が出てくると、そういう文学概念の解説者ないし発見者がなければならないし、それで批評家の職能も分化して活潑《かっぱつ》になってきたということは言えるだろうね。そして大江さんなら大江さんの文学が出ると、またそれを理解してくれる批評家、読者が出てくるということでね。それは戦後の新しい傾向ですよ。戦前にも新感覚派運動というものがあったけど、あれはそういう批評的角度が必要とされたものかどうか疑問だ。

安部　ぼくらの出てきたときはそうだったな。その後第三の新人あたりでなくなって、大江君になってまたそういう気運が出てきたような感じがする。

大江　作家と評論家の関係で、敵と味方がはっきりしているのがあるでしょう。そういうふうに作家と批評家が本質的に engager しあっているのは好きですね。江藤淳は正しい意味で engager している。敵も味方もはっきりしている。味方に自分をつぎこんでいる。それは批評家として立場がしっかりしているということなんです。ところが立場を持たない批評家、だれの味方でもないし、だれの敵でもない、そういう人たちはかれら自身、主体性をもっていないだけでなく作家にとっても、結局無縁で、過ぎ去ってしまえば何でもないというようなことになる。

三島　ただ一人の作家と批評家がつき合っていくうちに、その作家の精神的な発展と批評家の精神的な発展とがおのずから別れていって、それぞれ独立する、そういう形は理想的な行き方だと思うんだけど。

大江　小林秀雄と横光利一。

三島　そうなんだ。『寝園』――すくなくとも『旅愁』で決定的に別れたわけだね。

政治に対して

三島　これはぼくは沈黙を守ろう。

大江　ぼくは、小説家は結局独りぽっちなもので、だから政治的な団体に属するということは、小説家の機能の点では本質的な意味がないと思います。そして孤独ではあるけれども発言力はたしかにある一人の市民が発言するということが小説家の発言であり、小説家の政治参加だと考えています。安部さんの場合は、小説家が政治団体に直接参加するという立場をとっていらっしゃる。

安部　文学それ自体は結局無力だと思っているからね。魯迅じゃないけど、とにかくまっ先にやってくるのは革命的作家なんかでなく、革命の兵士なんだな。しかし、そのあとからついていく作家の仕事だって、もちろん無意味じゃない。それはそうだが、発言力のある市民とかなんとかいうことでなく、やはり芸術創造の面で本当に意味をもってくるのじゃないか。芸術でなければ動かせない現実の部分もあると思うんだ。

大江　政治というのは、現実ということで、現に今、勤務評定の問題がある、そのことだと思うんです。そして今、だれが発言力をもつかというと、たとえば小説家はエッセイを新聞に発表することができるから、かなり力がある。そういう意味で政治に対して力を持つ。しかし僕はその反面小説を書く場合には政治と積極的な関係はほとんどないと思うんです。

安部　文学と政治の関係はそんなに狭いものじゃない。小説だけ書いていたってかまわないよ。

大江　それはそうでしょうけど、そういう意味では小説家が小説を書くことも桶屋が桶を作ることもおなじ力しかもたない政治参加です。職業がそのまま能動的にすべて政治的なのは政治家だけです。

安部　あなたの小説は、なかなか政治性があると思うが、そういう狭い意味でなら文学者なんて強力な政治の前にはまったく無力なわけだよ。たとえば、あなたは新聞にエッセイなど書けるというけど、もし反動的な政治力が本気になってシャット・アウトしようとすれば、われわれがいくらもがいても書かせてはくれない。

大江　しかし、今はシャット・アウトされていない。

安部　新聞に書けなくなったって、政治参加は必要なんじゃないかな。

大江　そして今政治参加が必要なのは一九五八年の日本でということです。

安部　まあ現在は書けるわけだが、それが出来るのも、現に労働組合とか社会主義運動というものが基礎にあって、歴史的にもそういう力が、こういう現状をつくり出してきたからだ。君の政治参加だって、その背景にはそういう政治的な援護力があるからでね。だからどうしても、政治家のほうがやっぱり偉くなくては困るんだ。現実においては、それほど偉くないかもしれないけれども、理想的には、やはり政治家のほうが偉くて、小説家などはあとからあるパートを持って迷惑がかからないようにやっていけばいいのじゃないか。とにかく小説というものをあまり過大評価はしたくない。

大江　ぼくもそうです。

三島　ぼくは政治と文学ということを考えると、いつもサドとゲーテのことが頭に浮んでくる。十八世紀のゲーテにおける政治というのはワイマールの宰相としての実際的関心ですね。彼は理想主義が大きらいで、彼のナポレオン崇拝と来たら、のちのスタンダールのナポレオン崇拝とまるで正反対の性質のものだ。そして文学者はいつも実際的関心の必要にかられるわけだ。そういうときに出てくる政治の像というものは、せいぜいゲーテにおけるワイマール帝国程度のものだよ。ところがサドは政治というものに実際的な関心は何もなかったし、女を庖丁で切り割くことばっかり考えていた。しかもサドの文学は、フランス革命を準備したと言われている。ぼくはそのどっちが文学者の政治に対する力として有効だったかということを考えてみると、ぼくは変な予定調和を信じていて、サド的にやっていればプラスになるかマイナスになるか、どっちにしろ有効だろうと思うんだ。しかしサドまで徹底してはできないけどもね。

大江 サドだって実際的な関心があったわけでしょう。

三島 あったかな。世界に対する哲学的関心はあったろうけど。

大江 革命が起ると、サドにとって今までの法律的責任はなくなるという実際的な関心がある。

三島 そういう関心はあった。

大江 ところが政府はかわってもまた捕まってね。

三島 結局サドのように自分のことだけ考えていればいいんじゃないの。革命が起れば自分は罰せられないであろう、現行の法律は崩壊するであろう、私有財産は認められなくて、すべて自由になるだろうと思って自分の欲望ばかり満たそうとしていた。舟橋聖一氏の文学などというのはそういう意味では革命を準備しているのじゃないか。ほんとうに我欲に徹して

いてね。（笑）

安部　私有財産はなくなるだろうと、そっちのほうに確信を持てた現実感覚、それが非常に重要なことだと思う。それがもし逆に、この時代は永久に変るまい、絶対君主制の時代が続くだろうという現実感覚の男だったら、サドのようにはならなかった。その現実感覚の鋭さは、やはりとても政治的だよ。

三島　これはルカーチの「バルザック論」が一番それをはっきり言っている。バルザックは王党派だけれども、バルザックの書いたものは、無意識に彼の王党派的意見を裏切っていて、いちばん現実感覚が鋭いということね。作家というものは自分の書いたものをもっと信用していいんじゃないかな。

大江　というのは、そんなに無力ではないということですね。

三島　「無力」とか「力」ということの解釈の問題にもなると思うけど、俵を一俵持ち上げるやつも力があるといえるし、そんなことをいって威張ってもトラクターに比べれば大した力ではないともいえるし、文学は無力であるか有力であるかというようなことも、ぼくは全部主観的な感覚だと割り切っているんだよ。

安部　もちろんこういう比喩的な言い方は危険だな。「無力」だ「無力」だといってその上に安住してしまうんじゃ「有力」説と同じことだからな。

それからさっき三島さんが言ったバルザックの問題だけれど、あの時代はまだすべてにわたってテンポがおそく、現実のカラクリというものも非常に隠蔽されていた。だから鋭い直観だけでよかったんだが、今やそれが非常に露呈されている時代で、むしろガラス張りになって骨組が出ちゃったような時代だから、目をふさごうと思っても、あまりふさげないという感じ。作家としてその骨組にどう対応するかという問題だが、どうもバルザック流儀だけでは追っつかないような感じがする。

三島 そういうあなたのような言い方をすれば、芸術家という概念が崩壊してしまう。だからどっちかということになる。そこまでいっちまえばおしまいだけどさ。

安部 だから芸術というものの概念を一応崩壊させたほうがいい。その上で、やっぱり今いちばん必要なのは芸術家というものの再確認だと思うんだ。つまり一度徹底的に芸術家というものを壊してしまって、それでもなおかつ芸術の特殊性というか、必然性があるかどうかという問いかけ、そうしてみたところで芸術家になるとは限らないけれども、すくなくともそれが芸術家である最低の条件じゃないかという気がする。

三島 だけど、どんな芸術家でも、今の時代に生きていれば、そういうことを考えていると思う。あらゆる政治傾向とはかかわりなく、芸術が不要になる領域だけがインスピレーションを与えてくれるのだから、それが前提条件だと思う。それが現代の作家全部の前提条件で、それがないやつは作家になれないと思う。

安部 同感だよ。そこで政治に無関心であるという形ででも、関心が生れてくる。

三島 そのあらわれがいろんな形で出てきて、安部さんになったり、おれになったりする。

ファシズム論

安部 批評家として見れば、あなたの書いているものはなかなか政治的でね。

三島 などといって……。

大江 けれどもきわめてファシストな感じがありますよ。

三島 ほんとはファシストなんだよ。(笑)

安部 そんなことはない。それはウソだよ。

大江 ぼくはファシストという概念を日本の文学で思い浮べるとすれば、やはり三島由紀夫氏だ。

安部 ファシストだとすれば、擬似ファシストだよ。

大江 擬似というのは芸術的という意味です。

三島 とんだヤブヘビになっちゃったね(笑)。いいよ、三島論は。

安部　しかし、あなたがあまり無関心だ無関心だというからさ。（笑）

三島　次の話題に移ろう。

安部　しかし、これは非常に大事な問題だと思う。

大江　政治体制とか政治的人間とかいうことを考えて最も美的な感動があるのはぼくだってファシストだと思います。

三島　君もファシストか。

大江　鑑賞の領域でいうと、フランスの右翼などはかなり魅力がある。

安部　それはわかりますよ。それはまた美学的問題であって……。

大江　ファシストはきらびやかでほかの政治家みたいに汚ならしくない。

三島　ファシズムの一番の特徴は政治を美的に考えることだね。

大江　三島さんが政治的に無関心だとおっしゃり、片方では、ファシスト的な美学を信奉していらっしゃると、それの悪影響はずいぶんありますよね。

三島　それは悪影響を狙ってるんですもの、営々《えいえい》孜々《しし》として。

大江　三島さんの流れにある人たちがいて、それは三島さんと無関係でしょうけれども、そういう人たちはみなファシズムの若い兵士みたいな色彩を帯びていますよ。

三島　ああそうか、それは嬉しいことです。

安部　いやいや、そういうのはまずいよ。つまり、これから出てくるファシズムの形態がどういう形で出てくるかということが問題なんだが、ぼくはファシズムをそんなふうに形の上からだけ考えるのは危険だと思う。美学的ファシズムなんて、チョウチンあんこうのチョウチンみたいなものでね。その後ろにある大きな口は、あくまでも独占資本なんだ。アルジェリア問題だって、結局その背景は独占資本家なんだからね。その場合何を表立てるかという方法はいろいろある。チョウチンの形は多種多様だよ。だからたとえばピランデルロも晩年ファシストになったというわけだが、だからといって、ではピランデルロを攻撃することがイタリアのファシズムの攻撃になるかというと、全然ならないわけだ。ピランデルロの内部を探ってみれば、あの中にはむしろ猛烈なファシズムの否定というものさえ生きている。そういう意味で、もちろんあなた（大江氏）が彼（三島氏）のことをファシストだといったのは、美学的表現としてだとは思うけど……。

大江　サドだって美学的には非常にファシストです。政治的にはデモクラートだけれども。ファシズム的なムードというものがあって、それを醸成する力はお持ちになっているんじゃないですか。

三島　大江さんのほうがそうだよ。どうも大江さんの小説は、口ではアルジェリアなんていってるけど、おれの見るところではファシズム的ムードを醸成するものだ。

大江　褒められた（笑）。文学者がファシズムに参与できるのはムードの側面しかないですよ。そしてムードがもっとも政治的に危険な影響力をもつのがファシズムです。

三島　しかし、こういう議論は昔からやってるね。野間宏さんなんかと何度やったかわからない。おれはそれから黙ることにしたんだけど、ダメなんだ。

安部　ほんとうは黙らないほうがいいんだよ。要するに、小説の社会的な役割のことが問題になっているわけだが、もうちょっと克明に整理されなければいけないのに、それが全然整理されずに、どこでも依然としてムードでそこのところが論じられるか、さもなければ全然論じられないか、どっちかになってしまっている。やはりもっと突っこんで論じる風潮がぼくは必要だと思う。もっと精密化される必要があるし、そうしなければ、暗くてやりきれんよ。ファシズムなんて、そんなに目に見えてやってこないと思う。あそこにいるあれがそうだというようなものじゃない。そんなものならこわくない。朝、目をさましたら突然来ているようなもので、その不安感というものは、ぼくなんか夢にみるね。

三島　どんな顔をしている？

安部　それがみな友達の顔をしているんだ（笑）。こわいね、そのときは。

三島　花田清輝の顔をしているか。

安部　大ていもっとオーソドックスな連中だね。花田清輝もファシストだというような批評をされているんだよ。

三島　しかしそれはおもしろいね。あなたの芝居なんかに出てくる発想の根源はそれなんだな。

安部　夢は臆病だからね……しかしとにかく、ムードでファシズムを論じたりしても無駄だ。

大江　そうです。しかしムードが逆に現実を動かすことがある。

安部　そうだよ、とにかく今のようなファシズム論は困る。それ自体困るんだよ。

三島　空理空論だよな。

小説以外の活躍

大江　小説を書いていて、ほかの自由な時間にほかのことをしても平気だろうと思うんです。小説を書いて、ほかの時間に学校に行ったり、ファッション・ショーに出たり泥棒をしたりすることは、そんなに悪い影響関係がないんじゃありませんか。

三島　ぼくは自分できめちゃってるんです。テレビとラジオの台本は書かない、クイズ番組には出ない、匿名批評は絶対やらない、講演を一切やらない、そういうふうにきめている。それはまったく仕事の便宜のためで、店を拡げればロクなことはないから、小さい店で暖簾を出しているというだけの話です。ぼくはあくまで一間間口の店でやろうという非常に小市民的な考えです。野間さんがファッション・ショーなんかに出るのは社会的な見地からでしょう。

安部　いや、そうじゃないよ（笑）。要するに、戦後は文学とか芸術について精神主義的な考え方はなくなったんだね。だから別に気にならないんじゃないの。

大江　ぼくはほとんど気にしない。

安部　ファッション・ショーに出るのが社会的に意義があると思って出たら、それはちょっと問題だ。ぼくなんかは、小説という考え方よりも芸術という考え方に持っていきたいから、芝居だろうと映画だろうとシナリオだろうと何でもやるね。

三島　さっき言い忘れたが、ぼくは映画の台本も書かない。ぼくは映画の仕事というのは絶対やらないことにしている。

安部　あなたなんか、引受けはじめたら大へんだろう。

大江　ぼくが小説以外でまじめに関心を持っているのは、小さいエッセイを書くこととなんです。小説を書いているときは、社会的な広がりとか政治的な関心とかいうことと別な「孤独なる精神」でしょう。その逆に、ぼくはエッセイを通じていろいろ発言したいと思う。たとえばテレビの探偵番組に出たりすることは全然別なことで、深い関心もありませんし、深い興味もありません。ただ断わりにくいから出るだけ。

三島　ぼくも初めのうちはずいぶんいろんなものに出ていて、だんだんやめた。

安部　要するに、芸術家というようなものの精神主義的な求道的な解釈がなくなったんだよ。

大江　ぼくは少しも持っていない。

三島　おれは絶対精神主義なんだから。

安部　岡本太郎の場合などはもっと積極的で、別に社会的意義があると思ってクイズに出ているとは思わないが、そうすることによって、そうしないことに対する何かアンチ・テーゼを出そうとしているのじゃないか。野間宏のファッション・ショーは、さらに自分のことを非常にスマートだというふうに思ったのかもしれないが……。（笑）

マス・コミへの対処

三島　マス・コミへの対処の仕方という点では、大江さん、書きおろしをやってるでしょう。

大江　ええ。

三島　それは書きおろしにするか、あるいは「群像」のように自由に一回に載せる形式をとるか、そういう方法しかないね。いろいろ考えた末、おれもそう思うようになった。

安部　ぼくはマス・コミを単に悪いものだとは考えていないな。マス・コミには二つ側面があると思うんだ。一つはマス・プロという面、もう一つは資本主義化という面、昔と比べると、何といっても出版社は資本が大きくなっているし、小説とか印刷物による資本蓄積も昔より大きくなって、いわば儲かっているわけだ。だけど出版社などはまだ資本的にいったら大きいほうじゃない。ところがラジオとかテレビなどは大資本だから、それだけに量産が必要とされる。量産というと、作家が中間小説を書くとか、たくさん書くことというふうに解釈されるけれども、それだけでなくて、具体的に手刷りでやっているときよりも印刷機でやるほうが量産できるわけだから、そういう本質的な意味での量産が進むことそれ自体はちっとも悪いことじゃないと思う。ただ、量産が進むと、それが売れなければ儲からないのだから、量産に伴って売れるものという要求が自然そこに出てくる。なんといってもこの点が困るんだな。しかし、そのことについては、賛成者はあまりいないと思うんです。当然これは抵抗すべきものだ。だがもう一つの問題、マス・プロのほうにはどう対応するか。これはむしろ芸術意識の問題で、単に否定すべきじゃないという考え方でいる。

三島　たとえばテレビに台本を書く人の気持はどういうんだろう。テレビの聴視者が何十万かいるとして、それが三十分で済む。何十万人に三十分を掛ければ厖大《ぼうだい》な時間と量になる。しかし新劇で二十日間打って、一回七百人か五百人のお客とすれば大したことではない。そういう時間と量の感覚が現在どうなっているかということがわからない。つまり何十万人に三十分見せたのと、一万何千人かに二十日間見せるのと、どっちが芸術にとって価値のある量、時間であるかということになっちゃう。そういう考えを切りかえなければ、テレビになど書けないと思うんだ。ぼくは、テレビでの三十分なら三十分は消えやすい、ところが三時間の芝居を二十日間やれば、すくなくとも作者にとっては長い時間で、時間と量の問題もずいぶん変ってくると思う。ぼくは依然としてそこはよくわからないけどね。

安部　いい指摘だな。本当にそうだ。現状はあなたの言う通りですよ。ただ将来はシンクロリーダーなどというものも出てくるだろうし、テレビなども変ってくるのじゃないか。ぼくは精神主義じゃないからなんでもやってみるけど、現状は実にむなしいんだな。あなたが言ったように、たとえ何十万人に見てもらっても、実にむなしい。しかしこれも結局は相対的なことで、たとえば俳優の演技はいつもむなしい。芸術というものは本来そういううつろさを持ったものだという考え方も一方にあるし、もう一方ではそういう広がりをやはり大事にしなければいけないという問題もあって、やはり簡単には割り切れない。それに今は何といっても過渡期だと思う。テレビとかラジオも将来はたとえばラジオ・ドラマはいわゆるシンクロリーダーで本と同じになるだろうし、テレビ・ドラマだって本屋へ行って本みたいに買ってきて、それを眼鏡か何かで見たら大スクリーンみたいに見られるとか、そんなふうになってしまうかもしれない。現に出版物にしてからが、昔の人は木版刷りでコミュニケーションを考えていたわけだが、今ではそれが輪転機だからね。この量が質をかえていくというのは、必然的なものじゃないかな。

三島　ただ、ぼくたちどうしても抜けられない観念は、時間の持続が仕事の量と全然比例するという観念、しかし時間の持続がなくて量が得られるということになったとき、どういうことになるかわからない。そしてそういう量が実感として時間の中にまた帰ってくるかどうか。活字文化というものは作家に量の観念をもたらした、しかしある程度量の観念が時間のほうに帰ってくる。いわば償却されて来る。バルザックの仕事など、そういうことが言えると思う。やはり活字文化がなければああいうことはできない。ただ、それがある極限以上に行った場合、量がまた手元に帰ってくるかどうかということですよ、テレビジョンの場合など。

安部　そいつは歴史にまかせるよりほかないんじゃないか。ぼくはあんまりこだわらない。いま一番気になるのは、マス・コミの問題とマス・プロという問題を簡単に混同してしまうことなんだ。それはちょっと浅はかじゃないかという感じがする。

三島　つまり蓄積された資本を利用するということだな。

安部　資本というよりも技術で、木版から活字になったことが非常に歓迎すべきことのように、なんだって貧困化よりも豊富化のほうが望ましいからね。そういう意味でマス・コミのマス・プロという側面はかならずしも否定すべきことじゃない。

三島　そうかね、おれはあのテレビ塔など、焼き切ってぶっ倒してやりたいな。

安部　ぶっ倒してもダメだよ。あなたが監獄に入れられて、べつのやつがまた建つよ。（笑）

編集者　ではこの辺で……。どうもありがとうございました。

（「群像」一九五八年十一月）

現代作家はかく考える

三島由紀夫
大江健三郎

作家と批評家の関係

編集者　「群像」のアンケートの「最も読みたいと思う日本の現存の小説家は誰ですか」という項で去年は大江さんが第一位、今年は三島さんが第一位でした。別にそのために本日お二人にお願いしたわけではないのですが、いまの文学愛好家は特にお二人の作品を読みたがっているということがよくわかったわけで、三島さんご自身は、自分の形式は非常に古典的だといっておられるけれども、しかし読者の方々は非常に新しい時代の文学を三島さんに求めて読みたがっているのだと思います。大江さんは大江さんで新しいものを書いておられる。今でも文壇においては、自然主義的リアリズムが主流をなしていると思いますが、その中で新しい仕事をしていかれるむずかしさといったようなことについてお話し願えればと思います。まず話の入口として、お二人の作品については、例えば三島さんについて、平野謙氏は、「三島さんの小説は僕は正直いって苦手だが」というような言い方でいつも線を引っぱっておいてから批評しておられる。ところが大江さんについては好意的だと思うと、三島さんの場合には、寺田透、花田清輝、江藤淳の諸氏が理解者のような気がします。かと思う大江さんのほうは、平野氏とか本多秋五氏とか佐々木基一氏とか、左翼系の批評家が多いわけですね。とくに寺田透氏なんかは三島さんを支持するけれども、大江さんに対しては否定的ですね。あれはどういうことなんでしょうか。

三島　でも、僕の否定論でいちばん筋の通った論を展開したのは寺田さんですよ。寺田さんの「禁色《きんじき》」論〔「群像」一九五三年十月号「三島由紀夫論」〕は僕の文体論の非常に否定的な分析ですけれども、それは徹底的な分析で非常におもしろい批評でした。もちろん褒めてくださったものも沢山あるけれど。

大江　寺田透氏が僕について批判されたのは一回だけで、それは「群像」の合評会での批評でした。どういう内容だったかというと、自分は大江の作品はいままで読んだことがなくて、こんど初めて読んだけれども、汚ならしくて読むに耐えない、というような批評だった。僕には、そういう言い方の批評は痛くも痒《かゆ》くもない。批評家に対する作家からの注文や反撃は、いつの時代にもあって、ヘミングウェイの「アフリカの緑の丘」の批評家否定論など代表的なものですが僕自身の考え方では、批評家と作家との間につながりのある批評とそうでないものと二種類の批評があると思うんです。そして僕は、つながりのないほうの批評については、褒められる場合も貶《けな》される場合もほとんど無関心でいることができるわけです。

三島　オスカー・ワイルドの「芸術家としての批評家」というのを……。

大江　知りませんが。

三島　僕は批評の問題のとき、いつもあればかり言う。いま紹介してみてもしようがないけれども、あれにいちばん本質的なことが書いてあるんじゃないかな。

大江　僕が高等学校ではじめて日本現代文学を読みはじめたころ、三島さんが大岡昇平氏と一緒の座談会で、批評家に技術批評をしてもらいたいということをおっしゃった。あれはいまお考えになっても正しい意見だと思われますか。僕は批評家が技術批評をしてもしようがないと思いますけれども。

三島　そうですか。僕が技術批評という言葉で言ったのは、小説のディテールを味わってほしいという意味に近いですね。小説というものは何だか大きな鯨《くじら》みたいなものですけれども、その中で一箇所ピカッと光るものとか、鯨がときに示すコケットリーとか、そういうところを見てもらわなければ意味がない。ただ鯨が漠然と浮んでいるのじゃつまらない。そういうところを見てもらいたいという、それだけのことです。それは必然的に技術とつながってくるから技術批評といったんでしょうけれども、文体批評といっても同じことです。

大江　三島さんが北杜夫氏の『楡《にれ》家の人びと』を評価されたのは、鯨全体の批評のようですね。鯨のコケットリーの方は……。

三島　いや、推薦文の終わりのほうに鯨のコケットリーがうまいと書いておりますよ。子供のころの生活の描写などには、たしかに鯨のコケットリーがあります。

作品の細部と全体

大江　僕の体験では、作家が自分の作品を批評する場合に、作品の細部に自信をもち過ぎると危険ですね。または他人の作品を評価する場合に、細部を評価し過ぎると危険だと思いますね。

三島　何に対して？

大江　それは自分に対して危険だし他人の作家に対して危険です。

三島　それはあなたのヒューマニスティックな考え方だと思う。しかし、細部がよければ全体は要らないという考え方だってある。

大江　最近、送ってきた同人雑誌に、学生が自分の日常生活を観察したらしい小説を書いていました。叙述も構成も全然むちゃくちゃなんだけれども、細部でとてもいいところがある。貧しい学生がどてらを着て池袋へお酒を飲みに行くというようなつまらないことが生き生きと描かれていて、キラキラするイメージに直接たかまっている。しかし、その若い作者に手紙を書いてあなたはいい細部を持っているといえば、それはその作者の一生をだめにしかねないと思う。

三島　僕はそうは思わない。

大江　むしろ、この学生は五年間ぐらい苦心して、いろいろな輝く細部をなくして、やっと本当に出発することになるのじゃないかと思うんです。

三島　いまあなたが小説に対して抱いている夢はわかる。小説の全体性とか小説が成り立っている大きな基盤みたいなものに対してあなたが持っているイデーはよくわかる。だけど、僕は、やっぱり芸術というのは細部の真実が崇高な虚偽をつくるということ、それを保証するのは細部しかないのですから、細部というのはわれわれが発行する証明書のようなものです。その証明書が贋《にせ》だったら全体が崩れてしまう。われわれはある意味では「小説」という大きな役所で働いている窓口の役人みたいなもので、しかし同時に僕たちはその役所のボスでもあるので、大きな機構を統轄しながら同時に細部の末端の事務を処理しているようなものだと思う。その細部の末端の事務が、いつも書式があいまいで、金銭の出納もあいまいで、細部にちっとも真実性がなかったら、その役所なり会社は崩壊する。あなたがいまどっちにウエートを置いているかということはよくわかります。だけど、細部がない全体なんて全然考えも及びませんね。

大江　言いかえると、僕の考え方はこうです。細部の美しさ、細部の純一性、それが必要で、それが小説のすべてだけれども、概してわれわれが「この小説の細部がいい」という場合には、よくない夾雑物《きょうざつぶつ》がいっぱい含まれた全体の中から幾つかの、いい細部を発見して批評する場合が多いと思う。そして日本の小説の場合には、よくない細部をふくんでいても、そこからいくつか秀《すぐ》れた細部がひろいあげられれば作者自身も批評家もそれに対して寛大だということがある。そういうことが非常によくないと僕は思っている。

三島　それは大江さんは細部がうまいからそういうことをいうんです。あなたの作品を読みながら、やっぱりアッと思わせるのは細部で、細部があるから僕は喜んで読める。たとえば日本の小説の世界に冠たる特色は、川端さんみたいに細部だけで成り立っている小説があるということです。小説が細部だけで成り立つということは小説理論に反する。しかしああいうものがあるということは日本人の特性と考えるけれども、僕はもちろん細部だけで書こうとは決して思いません。しかしあなただって細部がなければ僕は決して作家として尊敬しないな。あなたは自分が持っているものを軽蔑しているにすぎないんじゃないかな。

大江　いい細部はもちろんいいと思うんですけれど、独得な細部をつないで全体を構成するブリッジみたいなものとしての夾雑物の働きで小説がいいということもある。十九世紀のヨーロッパの小説には、そういう夾雑物がたくさんあって、だから小説として大きく感じられることがありました。ところが現在のフランス文学、それからアメリカの若い作家たちでもサリンジャーとかアップダイクとかいう人は、できるだけそういう夾雑物を排撃しようとしたため小説が小粒になった。小説の世界に作者の神経が行き届いたけれども茫洋とした大陸的なものがなくなったということがありますね。

三島　待ってくださいよ。夾雑物を排撃すると小粒になるのですか。

大江　概してそうなります。

三島　夾雑物を排撃すると小粒になるということは、細部を重んじると小粒になるということですか。

大江　僕が言いたいのは、夾雑物がいっぱい含まれている小説の中の細部をとり上げて評価するのは間違っているということです。

三島　あなたのさっきの議論は、細部があるから夾雑物が美しいというんでしょう。

大江　夾雑物をとりさって、有機的なつながりのある良い細部だけを集めて、しかも構成がしっかりしたものが現代小説のモデル・タイプですが、それは概して小型の小説になりがちだと思うんです。フランスの小説でも、たとえば十七、八世紀の心理小説などそういう小粒な小説だと思う。そのうち大きい夾雑物を豪胆にとり入れていったのが十九世紀の小説とか二十世紀前半の小説で、その生き残りはたとえばマルローですけれども、そういう夾雑物を全部とり除き、イメージを統一するというような洗練作用が入ってきて以来小説は衰弱しつつあるのじゃないかと思います。

三島　でも、十九世紀のフローベルを衰弱と思えばそうですが、衰弱といえますか。フローベルは非常に細部の真実を信じた作家ですね。あなたの議論でわからないところは、細部がひき立つのは夾雑物のおかげで、相対的にひき立つということが最初の前提でしょう。そうすると、夾雑物をとっちゃって細部だけならひき立たないはずだ。

大江　僕は夾雑物がない小説というものをつくらなければいけないと思う。

三島　そうすると細部だけの小説ということになる。

大江　有機的に細部のイメージがつながっている小説。

三島　細部が夾雑物の中で目立つのでなくて、細部自体が有機的に全体との関係において目立つということ、そうすると結局僕の言ったことと同じことになる。つまり僕の言うのは、細部というものはいつも全体を代表するものである、つまりわれわれは役所の一番上の席にいる人と窓口事務をやっている人と両方を兼ねなければならないように、細部の真実にしか全体は存在し得なくて、全体の純粋性は細部の純粋性に通じるということを言っている。だから同じになっちゃう。しかしそういう点では僕はあなたよりむしろ小説に対して寛大なんだ。僕は夾雑物も認めたいと思う。細部を光らせるために夾雑物を認めてもいい。たとえばバルザックは僕の芸術理論からいうと間違っている。けれども細部で光るものがあるから認めてもいい。そこが小説家の根本的な考え方の分れ目じゃないかと思いますよ。細部のために夾雑物を認めるかどうかということですね。

長編小説の書きかた

大江　そのとおりですね。三島さんのいまおっしゃったことが正しくて、僕が今まで主張したことは、あきらかに混乱しています。それは、自己弁護すれば、現在僕が日々感じている困難とつながっているのだと思います。僕は、いま短編小説作者が長編小説を書こうとしていろいろ徒弟修業しているという状態ですが、そういう段階で、いままでどおり夾雑物を排するか、またはキラキラするイメージを象嵌《ぞうがん》するための鉄の地みたいなものとして鈍い色艶《いろつや》の部分を導きこむべきかということで混乱します。

三島　短編小説作家が長編小説を書くときの抵抗みたいなものですね。

大江　そうです。

三島　長編小説を書くときに、僕たちは、息を抜いていいのか、あるいは息を抜きながらいつも緊張が持続しているような不思議な生理作用で書かなければならないのか苦しむ。そのときにいちばん頭に浮ぶのはスタンダールです。スタンダールは実に粗雑な書き方をしているようであり雑に着物を着ているように見えながら、どこかでギュッと締まっているでしょう。ちょうど芸者が浴衣を着たように、小説でもああいう雑な着物の着方ができれば完全だと思う。ところがわれわれはなかなかできない。雑に着ようとすると帯が落ちちゃうし、きちんと着ようとすると素人が芸者のまねをしたようになる。長編小説の場合には、一つの大きな波というものを考えると、全体の密度はおのずから均等になるために、その密度自体が非常にゆったりとしたものになって、われわれがあるとき感じた瞬間の鋭い感覚の真実と合わなくなる。われわれがいつも警戒しなければならないのはその点で、おのずから小説は文体でもなんでもいつも緊張していなければならないのか、流れを持たなければならないのか、日本人の場合には、非常に苦しむと思う。スタンダールはその点天才で、そんなことはとてもまねもできないのじゃないか。

大江　スタンダールは、描写しないで、自分の心の中につくりあげられたモラルを順を追って述べてゆくわけですね。

三島 モラルでしょうか。僕はモラルなんて全然信じないけれども、人間というものが、食事をしたり仕事をしたりして動いている、それをどんどん追っかけてゆく軌跡がどこでも途切れないで純粋にゆく。そんなことができるかどうかわからない。僕たちがそれをとらえると、すぐベッド・シーンが出てきたり、汚ないものがいっぱい出てくる。どうして人間をあいうふうに追っかけていって、しかも純粋であり得るかということがスタンダールのいつも与える問題ですよ。

大江 スタンダールの場合は、自分のやり方でとらえ自分の方法で整理した、いわば彼の知恵となったものとしての現実生活しか書かなかったわけですから、彼の時代の読者が読むと、同時代の人間にとって不都合な書き落としがあると思ったにちがいないと思います。スタンダールが「百年後の読者に期待する」といったのは、百年たてば小説ができた当時の現実生活を知らない読者ばかりになるから、ということもあったのじゃないかと僕は思います。

風俗の中の真実

三島 たとえば『アルマンス』では上流社交界の描写がいいかげんだと言われていますが。

僕なんか太宰の『斜陽』をいつもそういうことで攻撃するけれども、そういう風俗的な真実はその時代にはとても重んじられるし大事なことでしょう。それをどこまで切り抜けるかということはただいまの問題として大事な問題でしょう。ある日本の作家は、もといた会社に女秘書がいて、それがいろんな情報を提供して、彼の永年にわたる会社生活の経験とその新しい情報とによって、現実の勤め人が読んでも不思議でないようなアクチュアリティを生じさせるらしい。僕たちにはそんな基盤は何もない。現代風俗の真実と自分の小説のモティフとの間の裂け目をいつも意識していなければならない。あなたはその裂け目をどうやって埋めているかな。

大江　僕には埋めようがないですね。僕の場合、一般の風俗からはずれた人間、普通の風俗から見ると奇妙な人間というふうに人物を設定するよりほかかない。風俗そのものをうまく描いた通俗小説を読むたびに感心しますが、僕は自分の文体、あるいは文章でうまく描けない風俗は自分と関係ないと思っています。

三島　ほんとうに僕たちがいつも困ることは、風俗の中に真実がないということはうそですね。風俗の中にほんとうに真実があるのだから、それを全部とっちゃったら変なことになって、必ず小説としてある意味で失敗しますよ。そのへんのかね合いがとてもむずかしいと思う。あなたがそういう奇妙な人間たちを連れてくるというのは一つの逃げ道だと思いますけどもね。

大江　そうですね。

三島　というのは、要するに普通の一般市民はそれをよく知らないですからね。

大江　小さいラルースをひくとモラルとモラリストということばが並んでいますが、モラルのほうは、人間がいかに善と悪とを行なうかの基準というようなことが書いてあり、モラリストのところでは、人間の風俗《ムール》を研究してその風俗に意味を与える人間のこと、という風に説明してあります。

三島　日本語だと普通「人性批評家」と訳す。それは風俗もおのずから批評することになるし含まれる。

大江　だから、いい通俗作家あるいは風俗作家はたいていモラリストで、人生の秘密を知っていますし、いろいろ教訓を与えます。

三島　そういう意味では日本で一番いい作家は獅子文六さんですよ。

大江　しかし純文学作家はそういう意味でモラリストにならなくてもいいんじゃありませんか。

三島　必ずしもなる必要はありませんけれども、小説の真実ないし真実らしさというものはいつも消えてゆくものに依存しなければならぬでしょう。僕は、安部（公房）さんの『砂の女』などは、そういう意味で安部さんがいくらか日本の現実に依拠した作品だと思う。そうでないものにはそういう点のむずかしさが歴然としている。もしそういうものを全部とっちゃったらどうなるかという心配がいつもある。平安朝時代には宮廷生活の風俗だの慣習だのというのはあまりにも当然の前提となっていたから、人間心理なんかが抽象的に扱えたけれども、今は刻々と変っていって、基準になるものがない。たとえば大正時代まではまだそれがありましたね。たとえば春から夏にかけての女の着物にしても、何日に衣替えをするとか、年中行事的な生活がありました。そういうものは当然の前提があれば書かなくていいのですから、あとこんど問題になるのは心だけでしょう。その点いまはちょっとやりにくい。というのは、生活の基準がないから、わざわざ小説の中でつくっていかなければならない。だから谷崎さんも『細雪《ささめゆき》』を書くのに非常に苦労されたと思うけれども、『細雪』は年中行事の世界だけに終わっているのです。というのは、「源氏物語」と比べて、年中行事の世界を描くこと自体が、あの戦時中に、夢みることのエネルギーを九〇パーセントまで要求したから、それから先の人間の抽象世界まで到達するのがむずかしくなっちゃった。谷崎さんはその後「老人」という普遍的な条件をとっつかまえて、それで、抽象的世界に到達するのです。フランスの心理小説はやっぱりそういうふうにできていたんじゃないですか。つまり心理小説のできる条件、風俗的条件、社会的条件というものはみな自明の前提だから書かなくてもよかったということ。

大江　そうかもしれませんね。僕ら学生のころラルース・クラシックという小さなシリーズの本で『クレーヴの奥方』を読んで、みんな大切に一箇所だけマークをつけた。それはそこだけに自然描写、風俗描写があるところなんですね。

三島　柳の木の下の描写でしょう。

大江　ところが、僕が現在読んでみると、全体が自然描写、風俗描写みたいに見えないこともない。

三島　ある意味ではそうです。

大江　あの時代にはあそこだけが描写的だったのかと……。

三島　もっと身もふたもないことをいえば、人間の心理の抽象化ということは、階級的あるいは社会的偏見の上に立ったものにすぎないかもしれない。フランスの小説家は、その点、自然主義作家でさえ、たとえば部屋の壁にどういう絵が掛かっていたとか、椅子はどうだったとか、コップはどういうスタイルであったかということはそれほど書かないで済んだ。これはフランス文化の大きな恩恵です。その点ドイツ人はそれをやらなければならなかった。『魔の山』を見ますと、椅子の描写、部屋の描写、柱がどうなっていたとか、たいへんです。あれはそういう文化の抽象作用の恩恵に浴しなかった民族が苦心惨憺して、まず具象化から手続をはじめたということです。

大江　作家が新しい風俗とか部屋の様子とかを描写するのに精を出すのは、小説のヒーローがふだん住んでいたところとちがったところに出かけて小説の場所が設定される場合ですね。『魔の山』のヒーローもサナトリウムに行くわけですが、アンチ・ロマンのヒーローたちはアフリカで暮していたり、スペインへ自動車で行ったり、イタリアへ汽車旅行したりするためにそういう細部の重要性が要請されるわけですけれども、あるいは細部の重要性を要請したいために作家がヒーローをそこへ行かせるのかもしれません。考えてみますと、たいてい市民生活の階級が混乱したときにそういう細部の重要性を強調する作家が現われると思います。

三島　ある意味ではそうかもしれない。

大江　ケネディが愛読したというイアン・フレミングの小説は四百ドルかそこらの月給で毎日カン詰めを食べているアメリカ市民がそれを読むと、アストリア・ホテルで素晴らしい朝食をとるなどという光景が微細にえがかれていて、その読者たちに一つの夢みたいなものを与える。そこで作家はそういう人たちのために奉仕していますね。しかし、そういう配慮は、ヒーローと作家の属している階級と読み手の階級がはっきりちがう場合に必要なので、現在の純文学のように書き手もほぼ小市民階級のインテリに属して、読み手もそうだとすると、そういう配慮は要らないだろうと思います。

三島　要らないわけだけれども、フランスのアンチ・ロマンの作家が自分たちの住んでいたあるいは階級的かもしれないところの抽象世界からほうり出されて、具象的なものにもう一度ぶつからなければならない、そこで小説を書かなければならないという場合には、そういう細部の具体性はとても重要になってくる。僕たちはいま日本で考えた場合にどうかと考えますと、たとえば僕はホテルを小説の中で扱う場合に、何々ホテルと書きたくない。というのは日本のホテルは無伝統無個性だから、ただホテルと書く。そういうふうに日本の社会の持っている「西洋」というものには変な安っぽい抽象性が含まれている。そのかわり日本の着物とか家具が出てきた場合にはまったく具体的な世界だから、それをむしろしつこいくらいに具体的に書く。着物のちりめんがどういう種類のちりめんだったか、帯がどういうものであったか、そこの茶室の窓がどういう窓であったかということを書く。ということは、僕の中でアンバランスになっていることがわかっているので、本来ならば着物や茶室の道具のほうが説明不要で、ホテルのほうがかつては説明が必要だったけれども、いまは逆になってしまった。僕はそれで小説の中でバランスをとってゆかなければならない。僕は小説の中でホテルについて詳しく説明したりすることは、ウォルドルフ・アストリア・ホテルじゃあるまいし、ばかばかしくて書けませんよ。

大江　ちょっと話がそれますけれども、たいていの若い作家は自分の作品に存在感、実在感を持たせようと思って様々な試行錯誤をする。芥川龍之介のいちばん最初の小説に「老年」というのがありますが、それはお金持の旦那たちがどういう着物を着ていたとか、どういう小唄をうたっていたとか、つまらないことがいっぱい書いてあって、そういうことでリアリティをもたせる作者の意図だったらしい。しかし芥川はそういうところから少しずつ離れていったわけですね。しかし日本ではとくにエンタテインメントを描く作家にそういう着物の明細などがかなり権威をもっているでしょう。僕は、自分にそくしていえばできるだけそういう面の資質がないほうがいいと思う。というのは、どういういい着物を着ていたかについて細部を描くことで存在感を出す作家より、裸の肉体の持っている存在感を描く作家のほうが上等なわけです。そういうふうに現代小説は進んできたと思うんです。風俗は副次的なものでしょう。たとえば最近イギリスでジョン・ブレインという『年上の女』を書いた作家はいわゆる上流社会の人間がどういうものを食べ、どういうベッドに寝ているとかいうことを明細に書いて、それによってそこへまぎれこんだ育ちの悪い人間の存在感を生き生きとしたイメージにおいてあらわしている。そういう効用じゃありませんか。

三島　僕が言ったのもそういう意味です。つまり、芥川以前の作家が女の衣裳を描写したり道具の描写をしたりするのと逆な意味になっている。かつては当然の前提を強調するためにそういうものをやったわけでしょう。いまは一つの人間性の抽象的な劇を書くためにそういうものをもう一度書かなければならないというような変な圧迫感を感じることがあるのです。その場合には何を選ぶか。そうすると、レストランのお皿とかフォークなど選んでも、こんなものは何も伝統のないものですから、そんなら着物とかお茶道具を書けば何か出てくる。川端さんが『山の音』でしきりに書いたものもそうですね。

大江　しかし川端康成氏はそういうものを選択する上に非常に熱心かつ細心でしょう。

三島　それは知っているから。

大江　僕ら若い作家がそういうものをとりいれようとして手当たり次第に書きこむと滑稽なことがおこることが多いわけです。もっとも、ある流行作家がこう書いた。「彼女は非常に高価な着物に豪華な帯をしめていた」、それは滑稽ですけれども、しかし、その作家及びその作家がとらえようとしているものの本質をうまく言い当てているところがあると思う。赤裸々にその流行作家を語っているところがあったと思う。

三島　それはとてもいい批評だよ。ただ僕は、舟橋さんなんか一所懸命に女の洋服のことなど書くと、片かなが多くて、とても迷惑する。やっぱり洋服などというものは英語やフランス語の変てこりんな片かなをつかうでしょう。あれを小説の中でいっぱい書かれたのでは、とっても日本語が軽くなりますね。

「時点」をどうきめるか

三島　もっと大きな問題に移って、たとえば現代の小説を書く場合に、現代のどの時点を書くかということが僕にとって非常に問題なんですよ。高見（順）さんが前に、おれは時代物なり歴史物は書かないということをおっしゃって、それについて一時議論されたことがある。僕もそれについて論文を書いたことがあるのですけれども〔「毎日新聞」（夕刊）一九六二年十月九日・十日「現代史としての小説」?〕、たとえばいま五十年前あるいは百年前から説きおこして書いてゆく小説というものはどういう意味があるんでしょうか。

大江　その小説家に技術があれば五十年遡《さかのぼ》る必要はないと思いますね。やはり短い期間に集約できることが小説家としていい技術じゃないでしょうか。

三島　それは劇に無限に近づくことになるでしょう。サルトルの『自由への道』第二部の「猶予」みたいな同時性の原理で現代をつかまえようとすれば、無限に拡散するか無限に集中するかどっちかしかないので、小説という中間的な形態がなり立たなくなる。

大江　時間を無限に拡散するのは、短編小説むきの技術ですね。

三島　ある意味ではそうです。「一指導者の幼年時代」とか。

大江　魯迅の「補天」など数行おきに数万年ぐらいとびますね。それは天地創造説の小説ですけれども、そういうものは短編小説の技法の一つですね。しかし一般に長編小説、短編小説を書く場合には特に長い時代を必要としないのじゃないか。日本の近代作家が小説は長い時代を扱えると思っているのは誤解じゃないか。

三島　僕もそう思う。

大江　ヨーロッパの小説でも、たいてい長編のあつかう時間は短いものですね。

三島　それはそうだけれども、劇というものは、「詩学」の法則の誤解で、単一の場所と事件を二十四時間の中に全部入れてしまう、あれが劇の本質だろうけれども、小説が劇といちばんちがう点は、長い時間を扱い得るということで、たとえば「それから七年たった」ということが平気でいえる。それで小説はもってきたようなところがある。

大江　その点、三島さんが石原さんと対談された中で、小説と芝居のちがいをプロットとストーリーのちがいというふうに言われた、あの考え方でとらえたほうがうまくゆくと思いますね。時間ということで、現代の作家が世界をつくる場合にどこを起点にするかということを考えると、僕の場合は最初、現実の自分が生きている現在あるいは、二、三年向こう、そこに時点を置いて小説を展開するよりほかないような気がした。それは誤解でしたけれども、なかなか、誤解から逃れられなかった。そして突然、小説というものは、あたかもそれが、五年前に自分が体験したことであって、五年前の自分と現在の自分とは、この小説においてあつかわれる事件をつうじて変わってしまった、いまは自分は観察者で、五年前の行動者ではないというふうに設定するよりほかないということが理解できたように思います。そういう小説をいま書いているわけですが、三島さんが『禁色』をお書きになったころは、やはり現在自分が生きている時点を小説の時点とするほかない、と思われていたのだったかもしれない。それは現代作家のいちばん壮大な試みで、僕はなお、それに未練をもっています。しかし小説というものには少なくともこの時代はすでに去ってしまったという詠歎がふくまれないとどうも完成しないようなところがありますね。

三島 それは何か小説というものと歴史との一種の結びつきで、小説と戯曲とが分かれる地点だと思います。戯曲の現在性あるいは現存性といってもいいけれども、そういうものは完全に過去のどこかで完結したからこそ舞台においてもう一度現在形で進行していくわけだ。だから戯曲はすぐ神話と結びつくし、遠い昔に起ってしまった伝説と結びつく。だけど小説はそれと逆になって、終わっていないからこそ現在性が稀薄になるのです。そうでしょう。芝居の場合は、エディポスの父殺しがある、それがもう一度繰り返されれば現在性をもって進行する。小説の場合は逆で、いまわれわれが考えていること、感じていること、参加している事件が終わらないからこそどうしても純粋な現在性をもってこられない。どうしてそれを処理するかというと、それを中途半端な過去のところへもっていって、もう一度つくり直して歴史の中に半ば融かしこむような、あなたのさっき言ったような操作で書いてゆくよりほかない。そこに小説のあいまいな現在性がひそむのですけれども、いつの場合でも時点の設定が一番むずかしい。小説を書いていて、それを考え出したらとてもむずかしくなる。

大江　たとえば僕の同時代の人間、二十八歳ぐらいの人間がお前の小説をいつも読んでいると言っても、僕はそれを信用することができない。小説には、たいていその作者より四、五歳下の人に愛読される傾向がある。

三島　そうかもしれない。

大江　そして、それはいま僕が言ったような事情によると思うんです。だからわれわれ作家は年をとればとるほど読者をたくさん獲得することができる。(笑)

決闘の傷跡

三島　たとえば安保闘争時代の闘士が当時の話をすると、何だ、また日清戦争・日露戦争の話をはじめたなといってからかわれるという。それを聞くと僕はぞっとするね。小説というのはそういう時点で動いているのだからこわいですよ。銀座の女がいつも銀座の女だと思っている人は幸福だよ。風俗作家というのはそういう点ではほんとうに楽観的で、いちばん変わりやすいはかないものを扱いながら安心しきっている。

大江　風俗は変わるけれども自分は変わらないという、風俗に対する審判官みたいな権威の意識があるんでしょう。風俗小説家の文体は、たいてい権威的です。非常に謙虚な作家といわれる人たちでもその時代に対して非常に自信を持っていて、風俗作家というのは特別なものですね。

三島　自信を持っている。つまりBGはちっとも変わらぬということだ。しかしBGがちっとも変わらぬということは人間がちっとも変わらぬということにはならない。それが風俗作家の根本的な問題だ。人間はちっとも変わらぬという正宗さんなりなんなりああいう諦観ないし確信に達した人は別としても、そんな風俗の不変性などはとても信じられない。風俗作家というのは、背景となる現象は変わってもいつも酒場の女は変わらぬ、BGは変わらぬという無意識の考えだ。つまり、現象を人工的に二分して、不変らしきものを前面に、変わりやすいものを背景に持って来る。それは相対的な世界にすぎません。

大江　純文学作家というか、冒険的な作家は、人間はつねに変わるということを強く主張したいわけです。

三島　さあ、どうかな。人間が確乎として変わるとすれば、それは小説の中だけで変わるんです。

大江　風俗作家が人間は変わらないとすることで、そこに読者と作家の間に安心感が生じるわけですね。伊藤整氏が『日本文壇史』で紹介されたりする明治時代の非常に片々たる風俗雑談みたいなものにぼくは非常に興味がありますね。やはりあの時代の風俗記者が少しずつ書きのこしたものに風俗の変化が克明にあらわれているのですね。いま十年前の雑誌を読んでめずらしくおもしろいのは、「新潮」でも「群像」でもなくて、「あまとりあ」みたいな風俗的なものです。風俗は本当にもろくて古びやすい。

三島　このあいだ近代文学館のあれ〔一九六四年五月二十日開催「日本近代文学館を励ます会」〕のとき池田首相が非常におもしろいことを話した。ある老政客が死ぬ少し前に池田さんが見舞に行った。そうしたら枕元に古い雑誌が置いてあった。「何ですか、それは」と言ったら、「いや、私は病気のつれづれに読んでるんだ」「なんでこんな古い雑誌をお読みになるのですか」「このごろの雑誌はあまりえげつなくて、私なんぞには合わないから、昔の雑誌を読んでるんです。こうしていると気持が落ちついていい」と言われた。何かと思って手にとってみたら昭和八年の「講談倶楽部」だった。だから私も近代文学館は必要だと思うという話だった。（笑）

大江　いいですね。

三島　僕はすっかり愉快になって、池田さんという人を見直した。そういうところに一つの真実があるね。

大江　その点で日本近代の古典、それから鷗外とか露伴とか荷風などはやはりそういう風俗に沈んでしまわないところをちゃんと見ているわけですね。

三島　それはたしかにそうですが、たとえば鏡花なら鏡花をみると、結局永遠にのこるものは戯曲だと思う。あれには風俗はない。出てくるのはお化けで、人間は一人も出てこない。お化けの中に当時の時代に制約された鏡花の心理が完全に入っています。しかしそれは風俗ではありませんよ。僕たちは時代に制約された心理というものは決して逃れられないけれども、風俗は逃れられるということを鏡花の小説を読んでよく教えられる。

大江　鏡花がお化けに風俗をまとわせるとしても、それはいったん批評的にとらえられた風俗なんですね。しかしそれは、なおかつその時代の風俗にかかわっているでしょう。僕は三島さんの『絹と明察』のヒーローをお化けだと思っています。あれはやはり批評された風俗を着た現代のお化けという感じがして魅力的です。

三島　要するに、小説の中で描かれたものは心理だろうと風俗だろうと一度批評を通り抜けていなければならないという月並みの教訓になるけれど、それが純文学といわゆる通俗文学との分かれ目なのじゃないか。僕はいつもこの人は文学者である、この人は文学者でないという基準の一つとして、その人の顔に決闘の傷跡があるかということをいう。それはセンチメンタルな表現ですけれども、日本の作家で決闘の傷跡のある作家は作家と認める。大江さんにはありますよ。だからあなたはりっぱな作家だと思う。いま作家として通用している人で傷跡のない作家がずいぶん出てきました。それは文学者と認めません。僕たちは一度決闘した記憶に生きるほかない。

大江　あるいは一度決闘したという屈辱感みたいなもので生きる。

三島　それがない人は、どんなに小説がうまくても文学者じゃない。

なぜ「性」を追求するか

編集者　北原武夫氏の男と女としか登場人物を書かない近ごろの小説に対して、批評家は情緒がないとか情感がないとかいう批評をされましたが……。

三島　冗談じゃない。「傷手」（「群像」一九六四年七月号）という小説は傑作だと思う。あなたは読まなかったですか。

大江　読みました。

三島　感心しない？

大江　あれが傑作だとおっしゃるなら、ぼくは、三島さんには北原武夫氏のヒーローがきっと髭《ひげ》もじゃの出羽錦みたいなでっかい大男でケチのつまらない俗物と見えたのじゃないかと思うんですが。

三島　あの作品で、たとえば女が肉体労働者を見てから男と泊まりにゆく。そうすると第一回のセックスで女が非常に燃える。そこまではだれでもみな書くことなんです。小説家はたいていそれくらいは書ける。たとえばケッセルの『昼顔』などはそういう典型です。だけど北原氏はその先をもっと書いている。たとえば二度目のセックスでいままでにないような態度、いたわるような態度に出て、それで男がますます傷つく。その先を書いているところが偉いと思う。あの小説に書いてあることは全部真実だと思う。

大江　観察力の働いている小説ですね。

三島　そして非常に真実の小説だと思う。北原さんは昔はああいう小説を書かなかったけれども、今は非常に真実の小説を書く。

大江　僕はこの前北原武夫氏の長編で若い女の「キタ・セクスアリス」のような小説を読んだんですけれども、それは観察力の部分と空想した演説を述べる部分が混在していたと思います。そして観察力の部分がきわだってよかったと思います。たとえば吉行淳之介氏の『すれすれ』なども通俗小説ではあるが観察力を述べた部分は文学的にいいですね。

三島　観察力という問題だけれども、自分のことをいうのはおかしいけれども、「剣」という小説を書いたときに、僕は剣道を四年か五年やりましたが、剣道の小説を書くにはどうしても見なければだめなんだ。そこであっちこっち見て歩いて、いろんな人の話をきいて、その上で再構成した。セックスもスポーツと同じじゃないか。自分でやっていることは絶対わからない。描写できないし表現できないだろう。小説家はもう一度それを観察の手続を経てやらなければならない。

大江　セックスについては自分で行動しながら観察できるところがあると思います。

三島　そうですか。あなたはずいぶん自意識が強いね。

大江　近代以後のセックスはそういうものだと思います。いまの北原氏のものも、性的な人間関係を、性的なプリズムを通しているから自分の行動の裏表がわかるのじゃないかと思う。セックスについては、意識をもった人間が夢中になって動物的であると同時に、それが終わるとたちまち批評的に再構成することができる珍しい人間行動だと思います。

三島　僕はセックスくらい論理的なものはないと思います。だけど、その論理的なものを自分が行動する場合に、それだけで一種の芸術であって、われわれが小説を書く手続と同じだから、それをもう一度芸術に引き戻すためにはその間に観察という触媒が要るのじゃないか。それがなければどうしてもセックスは小説の中で真実にならない。北原氏の場合には、彼が考えるセックスは非常に論理的なもので、彼の行動はそれを実験するための手段であり、また実際必然性があるもので、それを小説に書くときにはもう一度観察していますよ。
あなたはセックスは未開拓の分野だとおっしゃる大江理論があるのだから、それをきこうじゃないか。

大江　心理学的なセックスについていえば、三島さんは、心理分析医のことを書いていらっしゃって、フロイド的解釈は人間の真実をどのようにでも歪《ゆが》めることができるものだと、心理学的なセックスのプリズムを通すとどういうお化けでも登場させることができるとお考えでしょう。

三島　全部うそです。

大江　しかし同時に全部真実に転じることもできるかもしれないわけです。セックスの文学的効用についていえば、僕はセックスはいつまでもお化けであり得るめずらしい契機だと思うんです。たとえば人間が大学を卒業して仕事をはじめて三十年ほどの間に自分自身がすこし異常な偏向を示しはじめるものを探そうとすると性的なものしかないのじゃないか。政治的な偏向とか、経済的な偏向とか、人間関係上の偏向とかいろいろありますけれども、きわだっているのは、気ちがいになってしまうことをのぞけば性的な偏向をズボンで覆って会社に行くことだけじゃないですか。そういう性的な偏向を示し得る可能性をもった現代人というものは小説の世界にみちびきいれることができる。昔の中国人などは偉くなってからも、堂々と偏向しました。たとえば王様が子供を殺して食ったりした。しかし現在では、大きいコンツェルンの親分になった人間に人間的偏向を発見しようとすれば性的偏向くらいじゃないかと思うわけです。

三島　あなたの「性的人間」でいちばん感動したのは最後のところで、男が凡俗社会に妥協して、おやじの言うなりに出世して外国へゆくことになった途端、忽《たちま》ち地下鉄へ駈け下りて、もっとも危険な破滅的な痴漢的行動をする。あれがとてもいいし、そこらのどんなサラリーマンの心の底にもひそんでいる人間の真実だと思う。性的偏向というのは政治的偏向や社会的偏向が許されなくなった部分で出てくるものなのか、それとも政治的偏向や社会的偏向と同じ次元で代償をなすものなのか。

大江　代償をなすというより、論理的な組立があるわけです。政治的な偏向ができない人間が性的偏向に代償を求めようとするのが第一段階で、それが不可能だとさとることでより人間の真実に近づくという、そういう二段組みがあるわけですね、僕のフィクションの場合は。

三島　僕は、ドイツで哲学があんなに発達していろんな哲学の流派ができたのは、ドイツ人がいろんな性的偏向を持っているからだと思う。あらゆる人間の考える「範疇《はんちゅう》」というのは性的偏向を抜きにしたら考えられないとまで思っていて、社会的偏向、思想的偏向というものは同じ分野に属すると思っている。僕は片っ方の要因に押されて片っ方が出てくるというのは真実でない、次元は全部同じだというふうに思うんだ。

大江　西洋哲学がそういう鬼の哲学、お化けの哲学みたいな偏向を示さなくなったのは、現象学派が、人間の目に見えるものだけを記述していくことにして、哲学を非常にリアリスティックにしてからのことかもしれません。サルトルはその学派の哲学者として啓蒙主義者みたいなところがあって、小説がしだいに面白くなくなってしまった。性的な偏向で僕におもしろいのは、フロイディズム的な解釈に毒されていない偏向、アメリカの通俗雑誌にあつかわれるアメリカのいろんなブルジョアの生活や、変な水着などはやらしたりする連中の生活にある偏向ですね。そういうことをノーマン・メイラーが『鹿の園』で非常にうまく書いている。あれにつながるものに非常に興味がある。いつか三島さんが映画に出演されたあと、映画界の小説を書かれると聞いて、僕はそれを考えたんですが、逆にそういうものを全部拒否されて、「スタア」という小説を書かれましたね。

三島　日本の映画界にはそういうものはない。実に健全なものです。ハリウッドはすごいらしいです。性的頽廃《たいはい》のほんとうのどん底らしいですね。日本人は一つの倒錯をキャッチしても、論理的なものがないから、持続力という点で西洋人に劣ると思う。そういうものに対する徹底性という点でほんとうにすごい文学が出てこない。谷崎さんがややそれに近いものを出しているけれども。

大江　そういう深みに入りこむ性質が……。

三島　日本人は生活で深みに入りこむ。妻子を棄てて心中するとか、あるいは一週間も帰らないとか。しかしそういうことは僕のいうセックスに対する耽溺《たんでき》という意味とちがうんだ。それはもっと論理的なものですが、それだけの論理的追究力が欠けていて、生活の上だけで一週間外泊すれば片がついちゃう。それは日本の作家の弱さだと思いますね。

大江　コーリン・ウィルソンの本に出てくるデュッセルドルフの殺人者、キュルテンなど実に不撓不屈《ふとうふくつ》ですね。

三島　素晴らしい。ほんとうに大長編を書く精力と同じようなものですね。あれが、デュッセルドルフへ帰ってゆくとき、落日を見る素晴らしさは、全編のクライマックスですね。

大江　日本の強姦殺人者は五人ぐらい殺すと自己崩壊するところがある。ところがキュルテン氏は延々としてつかまらないですね。犯罪を行なう上でも論理的な追究力があるのですね。

三島　あれは小説の時間の展開の技術からいっても非常にうまいですね。

大江　うまい。やっぱりウィルソンが書いたから至るところに文学的な面白さがある。

三島　小説の形であいう強姦殺人を書くとすると、やはり様々な困難が生じるので、極めてやりにくいのでしょうね。ウィルソン自身も『暗黒のまつり』という小説を書きましたけれども。

三島　あれはつまらないね。

大江　あれと比べると、最近の英国の『収集家《コレクター》』という小説、それは性犯罪者がある家の地下室に女をつかまえてきて閉じこめ、それにいろいろ奉仕する。女の方で肉体的に結ばれればなんとか助かるかと思って、裸になって誘惑すると、その瞬間にいままでやさしかった男が冷淡にサディクになって、女が肺炎で死ぬのを見殺す。そのあとでもう一度新しい犠牲者をつかまえようとしているところで終わる小説ですが、非常に面白い。作家フォール〔ジョン・ファウルズ〕のいちばんの功績は、そういう犯罪者の自伝みたいな文体をつくったことなんですが、小説全体として読むと、やはり弱いところもある。それは結局インテリがつくった犯罪者の文体なのでしょう。短編には十分かもしれないけれども、長編には向かない。

三島　僕は性犯罪の問題では「魔」という評論を書いただけだが、小説にするには非常にむずかしいんですよ。「魔」という評論では女の腿切り、あの瞬間に未知だった女がどういうふうに変貌するかということを書いた。自転車でサッと来てパッと切る。

大江　僕はいつか腿切りがつかまったときに、かれ自身の手が剃刀《かみそり》で切れて血でいっぱいだったという話を警官に聞いて、感動した。攻撃がなかなかむずかしくて、自分の手が切れてしまったのですね。常習の屍姦者の記録でも、一番最初に死体を掘り出したときに、どうしていいかわからなくて泣き声をあげたという、そういうところには感動させるものがありますね。

「ぞろっぺの小説」について

編集者　日本の小説によくある構成のきっちり整わない、いわゆるぞろっぺの小説というものについて……。

三島　たとえば川端さんを好きだなどというのは僕の小説理論に反するでしょう。それはぞろっぺもいいところですよ。とにかく芸術の構成原理を全部抜きにしたらどういうものができるかという果敢なる実験だよ。僕は、自分の中での構成原理はいつも自分の弱みの隠蔽であるから、そういうものを唯一の支えにしているのだけれども、そういうものがほんとうに小説に必要かどうかということは実に疑問ですよ。僕がつまらぬと思うのは、小説的構成原理にのっとっているかに見えてだらだらになるものは嫌いです。だから、はじめから徹底してぞろっぺなものはりっぱだと思うのです。

大江　川端氏の作品は非常にきらきらする細部だけでつながっている真珠の首飾りみたいで、どこで切れてもいい、そういうものはそれでいいと思うんです。

編集者　武田泰淳氏などは。

三島　構成的原理にのっとるかのごとく見えてだらだらになる欠点がある。非常に惜しいところだと思う。もし泰淳さんがほんとうに川端さんほど徹底してだらだら作家だったらもっと素晴らしい。不定形さという点でちょっと不徹底だね。『貴族の階段』などもっと構成的であっていいんじゃないですか。

日常性の問題

編集者　大江さんなどよく特異な世界を書いておられますが、日常性を書くことについていかがですか。

大江　僕は日常性をうまく書けない点で、職業作家としては弱いと思っていますが、ごく普通の癖のない文体で日常性を書いてゆける作家というものは日本に多くいると思いますね。もっとも私小説家は日常におこった異常事を書くので日常性そのものは書かないけれども……。

三島　庄野潤三氏など……。

大江　普通の場合非常に日常的でない文体の中に突然まぎれこんだ田舎者みたいな日常性を

導入することによって、日常性そのものを異常な感じに再構成する作家もいる。三島さんがこんど『絹と明察』で実業家の俗物を書いていられるのはそういう効果をあげられるのじゃないかと思います。考えてみると日常性ということでは、僕は現代フランス文学を学んだことで日常性より異常な限界状況に小説世界で親しくなってしまったのかもしれない。現代小説でもイギリスの小説の場合は、日常性をうまく書く作家たちがいる。アイリス・マードックとかミューリエル・スパークとかいう作家たちは日常性の仮面をかぶった異常をうまく書く。僕はいま、それを目指しているが、うまくゆかない。

三島　大江さんは日常性という言葉に芸術的な新しい意味を持たせているわけだけど、僕は非常に軽蔑的な意味しか認めない。というのは、日常性という言葉は一つの夢を内包している。それは小市民的なロマンティシズムで、ちょっとした孤独感とか、ちょっとした理想主義とか、そういうガラクタに充ちたもの、それを僕は日常性と解釈する。小説の中でそういうものは微塵《みじん》も出したいとは思いません。

大江　僕はそれを微塵なりとも出したいと思う。

三島　そんなちっぽけな夢とか理想主義とか孤独とか、そんなものは軽蔑に値するだけじゃないか。

大江　ケルアックという若いアメリカ作家の『路上』は一人の青年が車に乗ってアメリカ中

を走りまわるだけの小説にすぎない、そして、そこへまさに軽蔑に値する小さいヒロイズムやらセンチメンタリズムやらが点綴《てんてい》された小説ですけれども、目下僕がめざしているのはそういうことです。そういうみじめでちっぽけな日常性の中での異常のひらめきをまず書いて、それから大いなる異常に向かって出発しようというわけです。

三島　それで結論が出た。

編集者　どうもありがとうございました。

（「群像」一九六四年九月）

短編小説の可能性

安部公房
大江健三郎

変革期の文学形式

安部　戦後、日本の小説は、雑誌ジャーナリズムの性格にもよるのでしょう、じつに多くの短編小説が量産されてきました。しかし、その量の多さに比較して、むしろ問題は、長編小説の方から出されて来ているように思う。というのは、短編小説の場合、作家の側に短編小説のもつ意味、あるいは、それを書く必然性が、じゅうぶんに意識されていなかったのではないか。つまり、短編小説の量の多さは、作家の側に理由があったのではなく、単に需要の多さのせいにあったのではなかったかという疑いさえ抱かせられるのです。

しかし、近代文学が作られはじめる初期の作家は、たとえば魯迅などの場合を見ても、その短編には内的必然性があった。時代的には、文学的関心と社会的関心とが、まだこんとんとして未分化な状態にあるような時代ですね。そういう、変革期の文学形式の一つとして、短編小説を見なおすことはできないものでしょうか。

大江　そうだと思います。それに短編小説よりももっと短い、詩の形式が有効な場合さえあります。ブルガリアで反ファシズム運動をやった作家たちは、ワーゾフ〔イワン・ヴァーゾフ〕のように長編小説を書いた国民文学作家もいますけれども、それは例外で、たとえばゲオ・ミレフのように激しい詩を書きました。

日本文学についていえば明治以後百年の日本文学の歴史は、いわば短編時代から長編時代に移る歴史だったけれども、現在はいわば長編時代から逆に短編時代にむかうような反省の必要なときではないかと僕は考えています。まずそういうことからはじめて、日本的な短編小説の性格というものを考えていきたいと思います。

日本の近代文学のはじまりについてみますと、文学史的に残っている作品は、『当世書生気質』にしても『浮雲』にしても、とにかくみな長編小説です。しかし、僕は、明治の初期から中期につくられた近代小説において、いちばんすぐれたものはむしろ短編小説ではないかと思うのです。明治時代の作家たちは、短編小説において、非常に新しいこころみをしたわけだし、新しい文体を作りあげようともしています。かれらはそれによって時代の精神をきわめて明瞭に映しだしています。僕は、日本の近代文学は、つねに短編小説を前衛において発展してきたと思っています。ある時代の常にもっとも新しいもの、その時代の新しい人間をもっともよく反映している文学が、短編小説だったといえるのではないか。とくに大正時代は、明治以来の作家たちの長編小説は結実したけれども、じつは短編小説がもっとも大正的な文壇の中軸だったと言っていいのではないかと思います。昭和に入っても、日本の短編小説は、すくなくとも戦争までその発展をつづけ、技術的にも洗練されて、本質的に短編向きの明快な文体が作られました。

ところが、戦後、長編時代がはじまります。戦後文学の作家は、大部分、長編小説を書くべき作家でした。長編の時代になったおかげで、短編小説の技術は、いくらか衰微したのではないかと思います。短編小説にはそれ独自の文体があるはずなのに、戦後、文学者は、例外もあるけれども、一般に長編小説向きの文体でもって短編小説を書く傾向がありました。戦後の新しい作家たちは、短編の形式では自分の志を充分に表現できず、だからと言って始めから長編小説にとりかかることもできなくて、結局、長編と短編の折衷案のようなものを考えたといえましょう。長編的な問題意識と文体でもって短編の少し長いもの——具体的には百枚ぐらいの小説——を書く。

戦争まえまで発展をつづけた日本の短編小説は、ほぼ二十枚から三十枚ぐらいでまとめられる、すっきりした文章のものが普通で、文体そのものも散文的というより、抒情的、韻文的でした。戦後の文学者は、野間宏氏のように、長編小説作家たるべく修行している時代に、長編小説の文体で、短編小説の少し長いもの、いわば日本的な中編小説を書くということをしました。それが結局戦後二十年にわたって新しい作家の出発点の態度を決定した。僕らはみな長編小説の文体でやや長い短編小説を書いて文壇に出てきたといえます。ところで、戦後を長編小説時代と呼ぶにしても、実際の結実のうえでは、あまり長編小説らしい成果があがってきたとはいえない。その意味でも、僕は、現在、短編小説の意味と機能を、あらためて見直し反省しなければならないと考えます。

西欧の作家は、特殊な例をのぞいて、短編小説作家から出発して長編小説作家に到り、そうなると、もう短編を捨てますが、日本の作家にはその舞台がおもに文芸雑誌だという特殊性があって、結局、死ぬまで短編小説を書きながら、同時に長編小説を書くことになります。その意味では、日本では短編小説を開発していく上に有利な点が多いと思われます。

安部　僕は、その発表舞台の問題が、むしろ不利に作用しているのではないかと思うのです。一生、短編を書きつづけると言っても、それが必ずしも、作家の側の主体性からとはかぎらない。作家の時代認識・問題意識から必然的に短編の形式が選ばれるのでなければ、あまり意味はないのではないか。むろん、短編という形式の選択は、そうした認識だけが梃《てこ》になるものではないでしょう。表現の質ということにもかかわりあいがあるはずです。くだいて言えば、短編向きの発想をする作家と長編向きの発想をする作家のちがいですね。ポーや、モーパッサンや、ゴーゴリのような、すでに近代小説としての完成度をもった作家の場合など、どうしてもそうした素質のようなものを考慮に入れなければならないでしょう。むろん、その素質にしたって、時代がそれを求めていたから、そういう素質をもった作家が現われたという面も当然あるとは思いますが……。また短編と長編の関係についてですが、日本の場合、「語り物」という近代以前の文学形式から、そのまま活字の世界へ入り込んで来た円朝のようなケースも考えてみる必要があるのではないか。そして、明治以後、輸入された近代的な短編小説はそうした伝承的な長編に対する、アンチ・テーゼとして、かなり意識的なものがあったような気がするのです。そこで、短編と長編の真の対決があればよかったのですが、単なる平行線と、妙な妥協の結果、やがて短編小説を形式化してしまうという、不運にみまわれたのではないのでしょうか。

大江　僕は、問題意識がまずあって、それが形式としての短編を決定するのだと思います。逆に問題意識の不在が短編という形式しか可能にしないという場合もありますが。日本庶民がある時代には短編を求め、ある時代は長編を求めていたと歴史的にあとづけることはできないかもしれないけれども、時代が急激に転換するときには、すくなくとも作家の側からいえば、長編小説の形式によって、日々動く自分の問題および時代を同時的にとらえることは当然できないでしょうから、短編の形式が非常に有効であるといえましょう。

二葉亭は、『浮雲』『平凡』などの長編小説を書きましたが、そのもっとも最初の文学活動ともいうべき翻訳は、たとえばツルゲーネフの短編小説でした。翻訳という形を通じてでも、明治のはじめの日本をとらえるには、あるいは、帝政時代のロシアと日本を重ね合せて理解するためには、短編小説を対象にするほうがよかったのではないかと思います。あの当時、長編小説を翻訳していれば「時代」から離れたでしょう。

安部　賛成です。典型的にその問題が出ているのが、魯迅だったと思います。魯迅は時代の激動期を、真向からとらえている作家ですが、自分自身短編形式で書いたばかりでなく、二葉亭と同じように、翻訳を非常に重要視した。ということは、魯迅の場合、意識の変革の問題が、きわめてインターナショナルにとり扱われていたということです。魯迅は、外国の短編小説の翻訳に非常に力点をおき、中国の文学に親しむよりも、青年はむしろ翻訳の短編小説を読むことによって、逆に中国の変動期を内的に理解することができるとさえ考えていた。その場合の短編小説とは、当然形式的に完成された、近代的な短編であったはずです。そのことから、僕は思うのですが、短編小説の有効性は、単にその内容にだけでなく、形式の上でも、認められるべきではないのか。昨日のことを、今日書けるという、即効性だけでなく、もっと本質論としてもですね。

大江　ただ、作家の精神が非常に衰弱しているときに、長編小説を書くことができなくて、短編しか書けないという場合もありますね。それはマイナスの効用としての短編小説です。日本の私小説の秀れたものは別として、あまりよくないもの一般にみられる性格の一つだと思いますし、晩年の永井荷風の短編などは私小説ではないけれども、作家として荷風が衰弱したために、石川淳先生の言葉を用いれば、いささか「敗荷」めいてきていたために現われた傷ましい短編だったと思います。

　逆に、作家の精神が強靭で、批評的でありながら、時代も変るし自分も変る、その変化の様をアクチュアルにとらえたい場合、短編小説を書くという場合があるので、そこに短編の積極的な意味がある。たいていの作家が若い年齢で秀れた短編小説を書くのは、自分が肉体的にも精神的にも激しく動いていると感じているからでしょうし、時代そのものの変動期に良い短編小説を書いて非常に先駆的な役割をする前衛的な作家たちも多いわけです。石川淳先生のように本質的に批評的な精神をそなえた作家には、むしろ長編小説より短編小説のほうがよりふさわしいと思える。そういう例もあります。

　いわゆる民主主義文学は日本でも発展しなければならないだろうし、また実際にどんどん進められているのでしょうけれども、現在表面に出ている限りではやはり、いちばん民主主義文学らしい成果を示しているのは短編においてだと思います。新日本文学の佐木隆三氏や泉大八氏の短編小説はいわゆる民主主義文学的でありながら、しかもいきいきと人間をとらえる力をもっている秀れたものだと思います。

中国の革命後の文学についていっても、短編の方が長編よりとり扱う対象と時代の範囲が非常に広い。たとえば短編は、今朝の「人民日報」に載ったニュースや思想をたちどころに文学的に処理してゆくこともできる形式とみなされているように思われる。革命後の中国文学の長編小説で読むにたえるものは、今日の中国の千変万化をあつかうものじゃなくて、昨日の中国の大変革、すなわち解放前後にわたっての変化をバックにしたものであることが多いように思われます。

短編小説は、いわば走っている自動車のバックミラーみたいなもので、それ自身運動していながら適確に動いている人間をとらえることができる。長編小説はやはり、車を降りて考えてみたあとの仕事でしょう。

開いた短編と閉じた短編

安部　しかし、短編には、長編以上に、自律性というか、自己完結性を求められる面もあるわけでしょう。魯迅や二葉亭が翻訳文学を重視したとき、短編のそうした要素は、どのように考えられていたのか。僕は、やはり、そうした面を含めて、重視していたのではないかと思うのですが。

大江　僕は具体的に例をひくことができませんが、ただ国の政治の問題から短編小説が決定されるというより、短編小説そのもののメカニズムが、それ独自の抵抗力があるのではないか、したがって短編作家はとくに政治に左右されることが少なくてすむのじゃないかと思います。自由な作家の魂が、現実にかかわって自由に結実するために短編小説の形式はいいはずだと思います。ソビエトの場合についていえば、アクショーノフの短編は、新しいソビエトの若い人たちを、かれの長編小説よりも、もっと鋭く、もっと確実にとらえていると思います。中国の短編の場合あまり知らないけれど、若い作家の本能みたいなもので、うまく現実をとらえていて、新中国そのものに対する批評になっている場合もあると思います。ところが長編小説だと、やはり体制に順応的にならざるをえないのじゃないでしょうか。

安部　そのことは同時に、真にすぐれた短編なら、そう機械的には政治に従属しえない、自律法則があるということになりますね。つまり、権力にとってはつねにある程度の危険をはらんでいるわけです。

魯迅は、現在の中国で評価されている大作家で、魯迅批判はあまり聞かない。しかし、魯迅の作品を細かく読んでいくと、必ずしも車に乗ってバックミラーで見ているようなものではなくて、車から降りて書いた短編小説もかなりあると思います。そういうものが中国の現在の文学理論・文学批評では、どんな扱いを受けているのか。あまり見かけないように思うのですが。

大江　僕は、おもに竹内実さんの紹介している短編小説について、中国の短編に好意をもっていますが、魯迅のそういう微妙な評価については詳しくは知りません。そこを知りたいものですね。

安部　短編小説には、非常にアクチュアルな、すぐに既成の形式を乗り越えられる自由さ——つまり、君の言うバックミラーでのぞきながら走りつづけられる要素——があると同時に、反面、非常に成熟しやすい面をもっている。そこで、破壊性と、完結性の、両側面ですね。たとえばメリメの短編などそのいい例でしょう。そこで、短編の方が、長編以上に、芸術至上主義という非難を受けるケースも多いわけですが、しかし、短編のそうした完結性を無視してしまって、はたして短編の本質をとらえることが出来るかどうか、非常に疑問に思われるわけなのです。結局これは、両刃の刀なのではないか。

大江　短編が、盆栽のように非常に小さい世界をますます小さくうまくまとめたものとして、逸品とか絶品とか言われる場合があります。それは、作家の側からいえば、たいてい文学的に衰弱した時期の作品ではないかと思う。もともと日本には、アクチュアリティから切り離して鑑賞できるものが一等価値をもつ、という伝統があるように思います。若い作家がたまたまそういうタイプの文学的世界に傾きかかると、評価されるにしても、実は、その作家の精神の危機が、いかにも日本的な危機が近づいている場合だろうと思いますね。

たとえば魯迅の『故事新編』「補天」をはじめきわめてすばらしい短編小説で非常に完成度の高いものです。古代の伝説を現代風に書き直すような形ではあるが、しかも現実から一歩下《さが》って、逸品を作ろうというのではない。まさに古典的に完成しながら当時の中国の現実と反映しあっています。こういう短編は理想的ですね。

安部　魯迅の『故事新編』は、現実を非常に屈折した形で反映していますね。日本に例をとれば、石川淳の短編に近い。僕はべつに、完結性を至上のものと言いたいのではなく、こうした文学の自律性を無視することによって、実はアクチュアリティも薄められてしまうのではないかと、その点を危懼《きく》しているのです。

大江　日本の短編には、非常に力強い、批評的なばねをもっているものと、老人的な人生の味とか静けさとかを評価される短編と、二種類のものがあると思う。しかも、日本ではあとのほうのものがいつでもついには最後の勝利をおさめる傾向があるように思います。それは外国で例外をのぞけば短編が若い小説家むきの形式であるのと逆です。僕自身もそういうものを感動して読むけれども、しかし作家としてはそういうものを僕は書くようになりたくないと思っています。

安部　あなたが、魯迅の『故事新編』は完成度をもちながら「しかも」、と言ったけれども、その完成度は偶然にできたものじゃないでしょう。

大江　非常に技術的なものですね。

安部　「しかも」ということでつなげるべきものであるのかどうか。むしろ短編小説は、ひとつの構造を、当然内的に要求しながら、しかし作家の謀叛《むほん》によって、その構造が破られ、だがその破られたことがまた新たな成熟を生み出すといった関係にあるように思われるのです。たとえば、ポーは、一般には、芸術至上主義的作家の代表とみなされている。しかし、ポーを、一人一人はヨーロッパの伝統を深く背負いながら、それを超えなければならなかったアメリカのあの時代の人々の精神と切り離して考えるならば、非常に形式的なポーの理解にすぎなくなる。アンデルセンの童話が単なる教訓を越えて子供を魅了するのと同じしかたで、ポーは大人をひきつけるのです。僕はポーをやはり、時代に生きた作家だったと思うのです。カフカ同様、ポーを理解出来なければ、短編小説の意味を解く手掛りも本当にはつかめないのではないか。人民公社のことが書いてないからといって、芸術至上主義だと決めつけることは非常な間違いだと思う。

僕は短編小説の技術的完成度と、短編小説がもっている技術から越えられる自由とを、対立的に取り扱うことには、非常に疑問です。それこそ、芸術の、あまりにもプラグマティックな捉えかたなのではないでしょうか。

もし、どうしても政治的な意味を与えたいのなら、魯迅や二葉亭が大いに外国文学を翻訳したような意味、すなわち、形式内容を含めた、インターナショナルな視点の導入という点で、考えるべきだと思うのです。

大江　文化的に進み、文学伝統の豊かな国家でも、ある一時代の作家、たとえばガルシヤ・ロルカや魯迅のような変革期に生れて活動し、変革そのものにかかわっていた作家の方法としては、短編しかない場合がある。

現に、後進国と言うか、いまなお動いている国があります。アフリカの新しい独立国などでは、文字で書かれた文学伝統などはなくて、文学を作るうえには、それまで語りつがれてきたフォークロアを、文学の形に置き換えてみることが具体的に意味をもつわけでしょう。ナイジェリアの作家エイモス・チュチュオーラー〔チュツオーラ〕が英語で書いた『幽霊の森でのわが生活〔My Life in the Bush of Ghosts〕』は、その良い例ですが、一応長編小説の形をとっているけれども、じつは短編小説の積み重ねです。しかも、それらの短編小説は古い説話なんです。古くからの小さいフォークロアを集めて、現代的な短編小説を作ろうとした作品です。

そうした意味でも、アジア・アフリカの文学伝統のない国々で短編小説の役割を高く評価することは、現実的に意味のある、欠くべからざるやり方だと思う。しかし、アジア・アフリカといっても、中国や日本の場合はちょっと別で、アジアのほかの、文学的にあまり発展を示してこなかった国家と一括して考えることは間違っている。日本ではかなり特殊な考え方が必要でしょう。

しかも、日本の短編で前向きの短編とうしろ向きの短編というものをどういうふうに区別するか考えてみることは、近代の日本文化の特殊性をはっきりさせるうえでも意味があると思います。

僕の考えでは短編は、一般に、開いた短編と閉じた短編というか、閉鎖的短編と開放的短編というか、そうした二種に分けられると思う。開いた短編とは、その短編小説そのものとしてはバランスがよくなく、むしろ現実生活に対する呼びかけ、現実的な人間の関心に対する呼びかけ、働きかけをつうじてやっとバランスがとれる、そういう未完結の性格をもっている。もうひとつ現実生活の鎖がかみ合わないと、読者の心のなかで安定しない短編ですが、僕はこれを前向きの短編だとみなしたいと思う。閉じた短編とは、その短編の世界だけですでに完成していて、現実に関わらない。それだけで芸術品のバランスのとれている小説で、読者は現実に背をむけてその小説世界を楽しむものです。

安部　その場合にメリメの短編はどっちに入るのですか。

大江　メリメの場合も、そのいくつかは、メリメと同時代の人間にとっては、開いた短編だったろうと思う。しかしその大半をわれわれが今日読む場合は、それらは、閉じた短編です。メリメの時代のアクチュアリテは、ほとんど、すでにわれわれの時代のアクチュアリテではないからです。「新日本文学」についていえば、泉大八氏や佐木隆三氏の短編は開いた短編だといえると思う。まずいところはありますけれども、そういう欠陥と別に、泉大八や佐木隆三の短編を読む場合、読者として自分自身のなかで、現実的なものを片方におく行為なしでは安定しない。

結局短編小説の展開は、こうした開いた短編が、読者の意識をつうじて時代とどういうふうにかみ合ってゆくかで決ってくると思う。若い作家のうちにも、閉じた短編に向って進んでいく作家もいますけれども、僕はそういう作家と、共に歩むべきではないと思っています。

安部　それは原理的に非常によくわかります。しかし、メリメの短編を、現在のわれわれにとって、閉ざされた短編と言い切っていいだろうか。

大江　たとえば「マテオ・ファルコネ」は、人間の勇気の問題、裏切りと暴力の問題などの点でいまもなお開かれていきます。しかしおなじメリメでも「トレドの真珠」は、すでに閉じてしまっているでしょう。

二十世紀的短編の特徴

安部　君の言った、閉じた、開いた、ということは作品の完成度とは無関係なのですか。

大江　短編作家の現実に対する対処の仕方が問題なのです。

安部　その問題と短編の構造としての完成度とは違う。その点をはっきりさせないと、短編の構造として完成されるということが、そのまま閉じてしまうこととされてしまう。

たとえばゴーゴリの場合に、かれの短編は非常に開いていると同時に、彼は熱狂的に、短編としての完成度を求めていたと思う。彼の場合、短編としての完成度を求める内部の情熱と、開かれた関心つまり時代に生きている関心の深さとが一致している。むろん、ゴーゴリの完結度は、すでに十九世紀的なものであって、同じような完結への情熱が、現在にも有効だなどとは思えませんが。

大江　新しい作家として出発するためには、すでにできあがった短編の形と違ったものを書くのでなければおもしろくない。だから一般に短編小説の新スタイルは、非常にあわれな、不幸な、不運なもので、一人の作家がひとつの形式を作り、そしてそれはたいていほかの作家から踏襲されずに、否定されてしまう。

嘉村礒多や、牧野信一といった秀れた短編作家のスタイルも、その作家たちが死んでしまうと、そのスタイルも一緒に無くなってしまう。それでいて短編には普遍的なスタイル、形式があるんですね。現在、少なくとも十九世紀的短編と二十世紀的短編との区別は容易にできます。そこが短編小説のおもしろいところだと思う。

安部 そのとおりだと思います。小説と言っていいのか、エッセイと言っていいのかわからないような、アンチ・ロマン的短編の世界は二十世紀になってから開かれ、しかも非常な可能性を感じさせますね。

大江 エッセイを作りあげる作家の頭のメカニズムと短編を作りあげるメカニズムは似ていると思いますね。突飛なようですが、ジェームス・ハーバーは魯迅のアメリカ版のようなところがありますし、日本でも森鷗外の『渋江抽斎』はエッセイというものが短編小説に突然変る瞬間をうまくとらえている。この長編の短い一章、一章がエッセイの積み重ねだけれども、ときどきそのいくつかが素晴らしい短編に転化していると思う。これらを読むと短編の形式の秘密がよくわかります。

安部 いま、「短編としての」と言われましたが、それはやはり、短編のもつ、自己完結性のようなものでしょう。

それといい対照になるのが、ドイツ流のビルドゥングス・ロマン（教養小説）ですね。ビルドゥングス・ロマンには、成長し、変化するのは人間であって、社会が変化していくのではないという、ひとつの前提がある。短編の方は、いわゆる芸術至上主義的短編であっても、その反対に、外の世界は流動してとらえがたい世界であり、それに対応してはっきりした世界を自分の内部に作る、自分を作るのではなくて、世界を作るのだという意志があります。〝完成された短編〟は、変動期において政治参加を肯定する立場からすれば、贅沢な個人主義的な、あるいは芸術至上主義的な立場になるけれども、実は短編は本来そういう性格のものであって、内容でなくして形式自身がひとつのアクチュアリティになるのではないかと思う。

世界を相対的にとらえるということは、ひとつの歴史感覚です。非常に原始的な集落の連帯観、知っている人間同士の連帯に対して、未知の人間、抽象的な人間一般との連帯という共同の意識が生れてこなければ、個人主義や孤独の贅沢が意識されない。だから、ある一定の時期には、歴史感覚として芸術至上主義的な短編にすら、その使命があったといえるのではないか。魯迅や二葉亭は、必ずしも政治的啓蒙として西欧の近代短編を翻訳したのではなく、むしろ短編としての構造を導入したのであって、そのことが、社会の近代化への直接媒介ないしは否定的媒介になったのではないか。

現在、文学をこれから創りあげていくというアジア・アフリカで、文学とくに短編の実効性、有効性を非常に低い次元で安易にとらえてしまったならば、短編小説を、問題意識にのぼらせる意味が消えてしまう。〝閉ざされた短編〟とは、短編について言えることではなくて、むしろ作家の意識について言えることであって、短編小説は構造としては、やはりその完結性をも含めて評価したほうがいいのではないかと思います。

大江　たとえば、原民喜の短編小説「夏の花」ですが、これは原爆投下後二年、GHQの弾圧時代、検閲時代に、突然原爆の実体を書いた小説が出たのですから、非常にショッキングなことでしたし、作家の努力としても驚くべきことで、広島の人たちはこれを読んで、自分自身が解放されたと感じたにちがいない。そういう点からも、歴史的な短編です。しかしその形式から見ると、かなり奇妙な短編なんですね。自分の亡くなった妻の墓に、夏の花、野菊を供えるところからはじまるところなどは、日本的な短編の定石だけれども、それがすぐ原爆の状況に移り、自分はどういうふうに原爆を体験し、そして逃げのびたかが述べられる。短編の形式としてはそこで終るべきです。ところが、なおふたつの注釈のようなものが入ってくる。聞き書のようなものですが、それでいて聞き書の内容が未完のまま突然終ってしまう。その印象は非常に緊迫したもので「夏の花」という短編のあとに、脈絡と続いていくべき現実があり、原爆を体験した人たちの現実生活と心のドラマは、これから無限につづいていくだろうと思われるような終り方です。いわば、現実の小枝を接ぎ木するための、小説の切り口のような感じなのです。

「夏の花」は、形式として完成しているとは言えない、非常に不安定なスタイルです。しかし内容、問題意識のがわから考えると、そういう形式はいちばんいい形式なのです。短編の機能はいわば文体の機能そのままだ。人間のスタイル、文体とは、その人間がどういうことを表現したいと思っているかということと、緊密に結びつきます。短編小説も文体そのものみたいで、歪んでいたり、個人的な癖があったり、創作者が表現したいものと現実とのかかわり方が、おのずから作品の形式を決定するところがある。したがって作品一般について、この短編小説は完成された短編だというとらえ方は重要でないと思う。その人間と現実とのかかわり方の癖や歪みが、率直にあらわれているものがいい短編だと思います。

安部　その文体の指摘にはまったく賛成です。完成されたかどうかは、次の時代になってみなければわからない。たしかに文体がそのまま作品の姿勢であるという形は、二十世紀の短編のひとつの特徴だと思う。そういうタイプの二十世紀の短編は、カフカが最初だと思う。サルトルの短編になると、カフカよりも十九世紀的短編の様式をとっている。僕が完結性と言ったのは、そういう文体の意志、指向性などのことだったのです。小説の完成度をはかる客観的な尺度など、当然あるはずがないのですから。カフカの短編にしても十九世紀的基準から言うと決して完成していないけれども、ひとつの短編小説の構造として、オリジナルな世界をつくり上げた。

大江　カフカは、イメージの世界に関するかぎり、まったくつねに完成している作家ですね。

安部　メリメの短編の構造を基準にすれば、破綻している作品でしょう。しかしそこには、文体による生きた現実の模索がある。ドイツのビルドゥングス・ロマンのような長編の形式よりも、はるかにアクチュアルな、新しい別の世界への、志向がある。時代に対して、はるかに敏感な作家の魂があると思います。

大江　そのふたつが矛盾なく共存しあえるところが、短編小説の形式のいいところだと思う。カフカは自分にだけに執着して、しかもかれの時代と深く関わっているし、安部さんの旅行談によると、プラハという町にとくに密着しているという。そして二十世紀の人間の運命にじつに予見的に密着したところがある。長編小説になるとそうはいかない。たとえばナボコフのロリータは、自分自身に密着し、自分自身の小世界を作ろうと夢中になっているわけですが、その結果、現実的な意匠と別に、二十世紀でもない二十一世紀でもないところへつきぬけてしまって、一種の桃源郷みたいな世界を作っている。ところが短編小説では、自分自身の小世界を確立するためにだけ作家が熱中しても、現実や人間とのかかわりかたの上で、どうしても彼の小世界は桃源郷とは違っている。むしろ長編小説はプルーストをはじめ、独立した桃源郷を作るだけの力を二十世紀においても持ちこたえている、という風にいうべきかもしれません。

ところが、短編には安部さんの論点と僕の論点との違った点を自《おのず》から統一する働きがありますね。(笑)

安部 なるほど。

大江 二十世紀のいま、十九世紀的短編の骨格をもち続けている作家は、スタインベックだろうと思います。スタインベックの短編は全部首尾一貫して、無駄なこともいっぱい書いてあって、そうしてきちんと完結している。正式の酒宴のようなもので、ズラッと集まって挨拶があってからはじまり、ちゃんとさようならと言って閉会するような短編。十九世紀的な短編は、たとえていえば、毛がフサフサと生えた鶏を考えてもらえばいい。二十世紀的な短編は、毛をむしった裸の鶏を考えてもらいたい。形はフサフサしていないし、奇怪で鶏らしくないけれども、実に鶏そのものです。そういう奇怪な感じ、不均衡な感じ、裸の感じがあって、しかも鶏そのものであるというのが、二十世紀の短編作家の目指すところだと思う。僕もそれを目指しています。

安部 短編小説のもっている、その危険な要素こそもっとも大事なものだと思う。たとえば十九世紀的に完成された短編といえども、われわれにアクチュアルなものをなにか与えるとすれば、危険な感じだと思う。

大江　僕はいま、鶏の例を引いたけれども、ガスカールは短編小説のイメージをさして、生きたエビみたいに危険な生々しい奇形な感じでなければいけないと言っている。エビの肉をとり出して、マヨネーズあえにしたものは、やはりエビだけれども、それは短編小説のイメージではない。これも正しい意見だと思うのです。

どういう政体の国家でも、政治家をふくめて一般社会人は、短編のもっている危険さを、できるだけ寛大に理解する態度をもたなければならないと思う。とくにソビエトの場合でいえば、ソルジェニーツィンの「イワン・デニーソヴィチの一日」という短編は危険な要素を含んでいるけれども、ソビエトの社会を理解する上に、きわめて有益なものでしょう。ソビエトの一般社会も指導者もそれを認めなければならない。逆に『ドクトル・ジバゴ』〔パステルナーク作〕の世界はいささか桃源郷めいている。『ドクトル・ジバゴ』がソビエトで禁じられても、僕はとくにそれを弁護したいとは思わない。しかし「イワン・デニーソヴィチの一日」は決して禁じられてはならない、現実的に評価されなければならないと思います。

短編小説の〝危険性〟

安部　短編小説のもつ危険な作用は、その内容やテーマに関係することは当然ですが、同時に、くりかえすようだが、文体の自律性によって、世界を相対化せざるを得ないという、その必然的な内的構造にもよりますね。文学の政治主義的解釈を越えた危険性です。

大江　長編の場合なら少しずつ修正できるけれども、短編小説は非常に独自な有機体のようなところがある。僕は「人間の羊」という短編を書いたけれども、それはバスのなかで、アメリカの兵隊に日本の学生や教師、労働者がお尻を引っぱたかれ、はずかしめを受けるところからはじまる。これは、なにごとも政治的に理解しようとする人間にとってみれば、日本人の反米闘争的小説とみえたかもしれない。しかし、僕の小説は発展していって、バスを降りて、これから警察へ届けようという小学校の教員と、はずかしいからいやだ、黙っていようという青年との対立になってしまう。最後に小学校の教員が、おれは絶対お前が告発するまでお前から離れないぞと泣きながら叫ぶところで終っている。最後には日本人同士の闘いになる。これは作者が政治的に混乱している証拠だという批判があった。しかし短編小説には、そうした短編そのものの自律性のようなものがあって、それが作家を導くという性質があります。

安部　この前書いた『他人の顔』のモチーフの一つですが、隣人感覚と他人感覚が、あたかも同一物であるかのような錯覚が一般にあるけれども、実は対立するものであって、他人をほんとうに把握するためには、われわれのなかにある隣人思想を破壊しなければならないのではないかと思う。隣人思想を破壊すると、すぐ現代を破壊したように言われてしまう。これは間違いであって、他人を再発見するために隣人を破壊するという作業には、自分の内部の孤独を掘り下げ、外にある日常性を相対化して、日常性を危険なものに変容させていく作家の思想が必要だ。それは短編小説のもっている内的完結への指向に対応するものでしょう。君の「人間の羊」も、モーパッサンの「脂肪の塊」も、俗流解釈をすれば、反米小説あるいは反ソ小説になるかもしれない。しかし、短編小説の強さは、実にすき間なく、つながっているように見えた日常を、毛の抜けた鶏のように変えてしまうところにある。だから、保守的な政治家にとってと同様、進歩的な政治家にとっても、短編小説はたえず危険視され恐れられる可能性があるわけだ。その危険性こそ、短編小説の生命なのだから、短編小説に対する無制限な寛容性こそ、政治のなし得る唯一の文学への参加ではないか。文学の政治参加は簡単だけれども、政治が真剣に文学に参加してこそ、はじめて政治も生きたものになることができるような気がする。

大江　そのとおりだと思います。

安部　これまで、短編をもっぱら長編との対比においてだけ考えて来たけれど、実際には、こうした短編の前衛性は、長編においても、同じく生かされなければならない時代になっているのではないでしょうか。

大江　明治以後の長編小説の大どころは、『当世書生気質』や『平凡』からはじまって、自然主義時代の作品、『破戒』、『夜明け前』、昭和初年度の小説があって、戦後は『真空地帯』のような小説が大きい意味をもっています。そういうふうにあとづけやすい。一方、短編小説は非常に滅びやすい形式です。こうした、いわば文学史的な把握が単純にはできない。そこで明治から大正、昭和までの短編小説の埋もれかかったものを、発掘して短編小説作家の歩んだ歩みを再認識し、日本の短編小説が、どのように発展し変化したかを考えてみなければならないところにきていると思いますね。戦後の二十年の短編の歴史も、すでにあいまいになっている。その点、戦後の文学者の評価の問題にしても、かれらの短編小説を丹念に読みかえすことによって、また別の、あるいはもっと確実な側面が出てくるかもしれないと思う。僕はいま明治の短編小説に非常に興味をもっています。

ともかく短編を重視した近代文学史が書かれる必要がある。『当世書生気質』と『平凡』とのあいだの何年間かの溝は、長編小説中心だとすぐ飛び越えられるけれども、短編でその溝を埋めることも必要なのではないか。田村俊子などという人はすでに滅びかかった作家だけれども、彼女の短編が、うつぼかずらみたいに、ちゃんと時代のお尻にしがみついているところがある、そういうことを忘れてはならない。長編中心だと、明治、大正の境目の微妙なところをどうも簡単に跳びこしすぎると思う。たとえば岩野泡鳴の『毒薬を飲む女』は大正のものだけれども、明治四十年ころの長編と統一して、支障は起らない。しかしあの数年間にこつこつ毎年毎年書かれた短編は、その時代時代にかみ合せなければ確実なことがわからないと思います。とくに日本のプロレタリア文学の歴史は、短編小説中心でなければ歴史の形をなさないと思います。

安部　それは世界的に言えることでしょう。長編小説の変貌は、短編小説の変貌のあとを追っている場合が多い。

大江　遠方から見ると長編小説が目立ちますが、近くからみると短編小説のはたしている役割はきわめて大きいと思います。

田中英光など、長編小説作家としては、たとえば『オリンポスの果実』があるけれども、田中英光が戦後に書いて残した短編小説というものは、長編の役割をずっとのりこえているでしょう。

安部　そうです。戦後においても、短編の先駆的役割は大きい。僕は花田清輝のエッセイを見ても、評論としてよりは、短編小説としての感銘をより深く受けた。一見、短編小説らしい構造になっていなくても、こっちに呼びかけてくるものは短編小説の呼びかけに近いものだという感じがします。

短編小説というものは、いつでも、第一次探険隊のようなものである必要がありますね。

大江　安部さんの短編は、つねに安部さん独自の完成度にむかって集中してゆきますね。すべての短編がそうなのだから、これは本当に独特だ。

安部　いや、完成の誘惑と闘っているのです。こいつは、じゅうぶん闘うに足る誘惑ですからね。君だって、この点、変りはないと思います。この闘いがなければ、君の言う、生きた文体を持ちながら、しかも開かれた短編など、存在不可能なのではないでしょうか。君が日本の文壇の中で、つねに第一次探険隊的役割を果しているのも、やはりそうした誘惑との闘いのせいなのだと僕は考えています。

（「世界」一九六五年七月）

二十世紀の文学

安部公房
三島由紀夫

セックスの問題

三島　性の問題だね、結局、二十世紀の文学は。
安部　それと、ことばの問題だろうな。ことばとイメージの関係……。
三島　それもきみ、無理にやはりこじつければ、性のほうに関係してくるのではないかな。
安部　それはそうだろう。
三島　つまり性の観念がね、ヴィクトリア朝のころは、非常に観念的なものだよな。ひたすら観念的に恐ろしがっていたものが、もっとニューッとした形で出てきたから、それを映像で処理すればたいへんなことになるし、ことばでそれをどうやって追求するかということになれば、またこれもたいへんなことになる。

安部 どうも、いきなり性の問題と出られたので、ちょっとまごつかされたね（笑）。しかし、性というやつは、観念的なものから、即物的なものになったというよりは……むしろ、隠されることによって、ますます露出されて来たという関係なんじゃないかな。つまり、昔はもっと、人間行動の一部として、調和していたものが……。

三島 おそらくそうだろうね。

安部 だから性がむき出しにされはじめたと、よく世間で言うけれど、実際にはそうではなくて、むしろ隠されることによって分離されたということじゃないかね。

三島 それはね、だからやはり十九世紀と二十世紀の間に、フロイドがいるということが、とても大きなことでね。フロイドがあって、それによって文学がずいぶん影響を受けて、そうして性の問題なんかでも、扱い方が変ってきたということは、ちょうど、やはりフロイドと映画というものの二つが小説に与えた影響は、絶大なものだろう、フロイドと映画という問題は、フロイド自体も一種の機械論で、ああいう時代の、つまり反合理主義に便乗したような風潮で、実は根底はガリガリの機械論であり……。

安部 合理主義だね。

三島 合理主義だと思うのだね。そして文学は自然主義文学なんかでも、遺伝の学説を引用したり、いろいろやってきたんだけれども、ああこれだというので、フロイドをつかまえていちおう安心した。ところが、二十世紀文学というのは、すべてフロイドを通しているけれども、フロイドがどうにもならなかったあとの問題に、全部ぶっつかっているというふうに感ずるので、それはたとえばフロイドの弟子たちを見ていると、アメリカの新フロイド学派は、エーリッヒ・フロムなんかその一つだけれども、性を社会的な拡がりのなかで……性というよりも、精神分析を社会的な拡がりのなかでとらえるほうに、どんどん進んでいって、片っ方ではユングみたいに、ミソロジカルな、集合的無意識のほうへ進んでいくような形で、いずれにしろ文学や民俗学や社会学へ、フロイディズムが分岐してゆく。

一方、文学のほうから見てもやはり同じことで、一度フロイドを通過してきた性の意識というものを、どういうふうに文学者が受けとめるかというと、もうフロイドでは結局どうにもならないのだから、そこからいろいろな問題が出てくると思うのだな。フロイドということから話せば、二十世紀文学のとば口が一つあるという気がする。

安部　そうね、そのとおりだろうな。いわゆる自然主義文学というものと、フロイドとは、一見アンチ・テーゼのように見えるけれども、実際にはむしろ延長上に考えるべきものだね。

三島　僕もそう思うね。

安部　だから自然、文学の分析的要素をおしつめていけば、どうしてもフロイドに行きつく。

そこにいきつくだけであって、自然主義と対決するというわけにはいかないのだな。

三島　僕は全部、あれはやはりあすこを通ってるような感じがするのだよ。

安部　通ってはいるよね。すでに通俗哲学にさえなっているくらいだからな。

三島　通ってはいるな。（後記——たとえばアラビアのローレンスなどという典型的な二十世紀的英雄像も、ローレンス自身フロイドを通っていると思われる）

安部　だけど、フロイドのセックスは、たとえばここに山があるから登るというようなふうに、セックスというものを、最初から人間の全的行動から分離されたものとして、それを分析しているように思うのだ。きみがいきなりセックスを出したから、こちらもお返しだが……（笑）。たとえば、今度のきみの「サド侯爵夫人」ね、あれもいちおうセックス問題だろう。そう言い切っちゃいけないけど、そういう側面を取り出すことはできるわけだ。ところが、あの芝居の特徴は、やはりセックスが人間の行動、全行動としてとらえられていることだと思うのだよ。すくなくも行動のアンチ・テーゼではない。性と行動を、ちがった次元のものと考えて、その函数《かんすう》関係の方程式をもてあそんでいるようなものじゃない。フロイドというのは、性と行動の関係の解釈だろう。根本的なちがいがあるな。

三島　僕もその点はまったく同感なんだ。つまり僕もフロイドを通ってきているということは、フロイドに止《とど》まっているということではなくて、フロイドがどうしても行けなかった先が、われわれの問題だということを言おうとしているのだな。ところが一面では君が言ったように、フロイドの通俗化は、アメリカなんかでは、たいへんな通俗現象になっていて、一般社会が二十世紀になって人間が個性を失い、それから大きな機構のなかで、一つのファンクションになってしまう場合には、なんに脱出口を求めようとするかというと、まずセックスに求めようとする。そのセックスで社会から脱出しようとすると、行手に精神分析が立ちふさがっていて、お前はちゃんとした性的に正常な人間に戻れ、そうしてお前は社会的に適応のある、完全な成長をした性的なイメージをもちたまえというふうに強制してくる。そうすると、逆に、そういう分析学でもなんでも、つまり人間の自由をしばるコンフォミティー〔同調〕のほうに味方しているような形のたどり方をしていくのだね。そういう形になるから、文学はそういうものに、どうしても反抗せざるをえないようになってくる。

一方、さっき言った、きみの言語と映像の問題でね、言語と映像の問題は、たとえばジェームズ・ジョイスが『フィネガンズ・ウェイク』でやっちゃったようなものを、ある意味では映画やテレビジョンが、妙な形でやっちゃった。そうすると人間が、言語を破壊するような映像に対して恐怖心をもたなくなって、映像がまず先にきて、言語があとからくるということに慣れちまう。そういう現象が、いまことに、非常に起っているけれども、そして二十世紀初頭のシュールレアリスムなんかの作家が、長いこと伝統や慣習でできた言語的イメージを壊して、その言語による概念の束縛をなんとか壊して、新しいイメージを喚起しようとしたのが逆になって、まずイメージが与えられるということに、人間が慣れちまった。そうすると、またそこでも再び精神分析と同じ変質と通俗化が起って、そういう映像を通して、人間を規制したり、一般的なコンフォミティーに準じた映像を与えることによって、人間精神の自由を奪って、一つの同じ水路へ人間を向けていくという、大きな動きができる。

二十世紀文学は、そういう意味で、二つの映像の面からの、コンフォミティーの圧力、それから性の面からのコンフォミティーの圧力、両方に対抗しなければならない。そうすると、二十世紀初頭に、あたかもわれわれの武器であったかのような、二つのものが敵側に回っちゃった。それが僕の言いたいことなんだよ。人間を全行動的につかまえるということは、むしろ文学の古典的課題であって、それが復活するということが、あるいは性が復活するということになるかも知れないのだね。

安部 もう少し具体的に……つまり、一方から攻めてくるものが映像だとして、もう一方からセックスが攻めてくるという、そのセックスというのは、なになんだ。

三島 そのセックスというのはね、セックスというより、精神分析学的な、通俗化した精神分析によるセックスのコンフォミティーだね。それがどういう形をもとりうる。つまり大きな看板の上のオッパイ出した女の写真、そういうものはヴィクトリア朝時代ははずかしいとされた。いまはそういう大きな写真が街頭に出ても、だれもあやしまない。あたかも性が解放されたごとくであるけれども、実はそれは性のコンフォミティーだということだね。

安部　そうすると、性の行動化かね。

三島　ええ、しかし行動への欲求だろうね。

安部　おもしろいね。イメージと、行動と、言語と……その三角関係の構図はおもしろいね。そいつは僕の持論なんだ。

三島　たとえばね、マルローの小説なんか、行動小説であり冒険小説であるが、非常にエロティックなものだろう。そうして全部性的なものから行動が解釈されている。もちろんフロイドの影響もあるだろうが、『王道』にしろ『人間の条件』にしろ、あの革命やなんかのなかにある、エロティックな衝動というのを、いちばん大切にして書いているわな。あれは十九世紀の作家はやらなかった。ましてトルストイやなんかは、戦争を描くのに、そういう描き方はしなかった。エロティックなものが、そうでないところに隠されているというところに、二十世紀文学の（マルローなんか一つだが）一つの方法があるので、セックスがあるところにセックスがあることは、みなわかっちゃった。

安部 せっかく三角関係になったんだから、言語のほうもやろうよ。言語だって、二十世紀になってから、ずいぶん意識的に考えられるようになったわけだろう。言語に対する、ある種の不信といってもいいかな。

そこできみに聞きたいのだけど、どうだろうね、純粋に意味というものを媒介にして、言語を普遍化する場合、それは意味の普遍性に対する信頼だね、ちょうど数学の記号みたいに。記号に対応する内容は、一応客観的な普遍性をもっている。もう一つ、言語はさまざまなイメージを誘発する。同時に一つのイメージが、さまざまな言語を必要とする。しかし、その間の操作さえ適切であれば、その言語が、ある普遍的イメージを誘発し得るという信念がありうる。第三は、言語自体に対する信頼だ。意味やイメージは疑わしいものだが、言語そのものを、それ自体として信じる立場。言語に対する信頼にも、こんなふうに、いろんな立場や見解があるわけだな。

これも結局、二十世紀になって、言語に対する総体的な信頼が失われたために、そんなふうに分析的になっちゃったわけだが、どうだろうね、われわれとしては、今後の文学上の課題として、いったいどういう立場を選ぶべきなのか……。

三島　文明社会のなかのセックスの映像は、たいていセックス的イマジネーションは、言語で媒介されるのだから、言語はばい菌みたいなものだからな。(笑)

安部　それはそうさ。言語を媒介しなければ、なんだって無害なものさ。

三島　有害じゃない。言語というのは、非常にワイセツだからな。

安部　しかし、なにも疑わないで言語を使っている文学が、依然としてわれわれの周辺には多いのだよ。

三島　それはもうどんな時代でも、きっとあったのだろうと思うよ。いまほどではないが。

安部　でも、言葉に対して、一見いかにも厳しそうなことを言う人がいるね。日本語の美しさとかなんとか……。

三島　おれもよく言うのだよ。(笑)

安部　きみも言う。おれはあまりいい傾向だとは思わないけれどね(笑)。だいたい、そういうことを言う人が、本当に言葉に疑いを持ってみたことがあるのかどうか。その疑わしさを前提にしないで、厳しさだけを言ったところで、それはただ規範を外に求めるだけだろう。そういう疑わしさも持たない前時代的な文学が、無神経に文学として通用しているということは……。

三島　きみのを聞いてると、つまり日本のくだらん小説を頭のどこかにおいてる……？

安部　うん、大多数の小説の普遍的状況だな。

三島　そうか。

安部　それはおく必要ないか。

三島　おく必要はないのではないか。おれはきみの話を聞いていてね、きみが三つを出したから、その三つの類型について、一人一人具体的に、きみのあれを聞きたいな。その一つにはこういう作家がいる。第二にはこういう作家がいる。日本人でも西洋人でもいいけれども。

安部　類型は、図式だから、それほどすっきり現実に適用するわけにはいかないな。しかし、アンチ・ロマンの出現なんかは、やはり意味と、イメージと、言語の関係の再検討だろうし……やはり言語の疑わしさというものを、これからの文学を考える場合には、考えざるをえないのではないか……。

三島　なるほど。それでね、純粋言語という問題が出てくるけれども、いま言語から夾雑物を取り除いて、そうして言語からコンベンショナル〔因襲的〕な観念をみな取り除いて、言語が成り立つかどうかということは、シュールレアリストがやったことだよね。それから十九世紀にそういう試みはたいていされていったのだけれども、絵なら絵というものが、絵の言語を、どうしても絵だけしか通じない言語をもちたいというのが、印象主義の芸術だと思うのだよ。そういう傾向はどこから出てきたかといえば、ロマンティックが何もかもごちゃまぜにしちゃった。これではいけないというので、みながそれぞれ考え出したのが、それからあとの傾向だと思う。二十世紀にきたら、そういう純粋言語に関する実験というものは、少し古くなっていると思うのだ。

安部　僕は嫌いだけど、詩人なんか、いまでもやっているよ。

三島　たとえばジェームズ・ジョイスがやったことね。それはジェームズ・ジョイスも二十世紀の作家だけれども、だんだん古くなっちゃってる。それから僕は君の好きなヘンリー・ミラーのやっているようなことも、もう認めないのだ。つまり、ヘンリー・ミラーがやってることは、セックスに関するきたないことばも、政治、経済、それから哲学、われわれがなにか上部構造に使うことばも、言語において等価ではないか、その等価であることを復活しなければ、人間は全体をつかまえられないのだぞという考えだろう。僕はね、品のいいものと悪いものと非常に区別するのだよ。それでやはり、ウンコと言うよりも便通と言ったほうが品がいいと思うのだよ、おれは。そうしてね、そういうもののリファインメントというものだけに、そういうようなあやしげなものにだけ言語の洗練がかかっているのだというふうに、僕は考える。だからウンコと書けば、それは革命ということばよりももっと強烈で、もっと下品だというふうに考えるのだ。そうするとだね、ヘンリー・ミラーがどんなにそれを主張してもだね、やはりウンコのほうが先に出てきちゃうじゃないかというふうに、僕は思うのだね。

そうすると、人間の全人生の回復というのは、なにも僕は上部構造に向って人間を統括して、それに向って言語を純粋化するという考えはないし、そういうつまり象徴派的な考えは、もう古いと思うのだけれども、人間を全体的につかまえようとするときにおける言語の位置というのは、僕は芸術至上主義者だけれども、二次的なものと考えていいというふうに思ってる。というのは、言語はコンベンショナルなものを使うべきだということだ。なぜならば、言語のなかに伝統や、歴史や、慣習の構造が、すっかり入っちゃってるのだから、それを僕たち一代で変えるわけにはいかない。

言語の行動性

安部 言語というのは、しかし要素である語彙と、それから文章の構造とでは、ぜんぜん違うわけだろう、次元的に。問題は、その構造であって、語彙のほうは、どうでもいいことなんじゃないかな。

三島 もちろん違う。それで言語をだね、とんでもない言語を組み合せれば、イメージはそこで新しくなる。それは詩人がみなやっていることだよな。

安部 それこそ古いよね、もう。

三島 ああ、まあね。

安部 もっと具体的に言うと、きみの「サド侯爵夫人」ね、日本演劇史に残る大傑作の一つだと思ったけれど、ただ一つ、非常に気になったのは、きみがあそこで考えていた言語の機能なんだ。

三島 あれはきみ、大正時代の山の手のことばだよ。それだけしか使ってない、あのなかには。

安部 そうかもしれない。でも、それはどうでもいいんで……(笑)。つまり、たとえば比喩の方法ね。どれもがだいたい、既知な、いわばいかにも比喩らしい比喩なんだな。

三島 そう、全部既知だ。

安部 ところが、その既知の比喩の組み合せかたで、それぞれのセリフが見事なアクションになっている。セリフというのは、普通アクションではなくて、アクションの対立物というふうに考えられがちなんだな。ところがきみの芝居では、セリフが見事にアクションになっている。これは新しいよ。やはり現代の芝居なんだよ。きみは大正時代だと言うけれども。

三島 それはね、大正時代というのは、つまり語彙問題だけれどもね。僕はセリフがアクションであるという考えは、お能から勉強したのだ。つまり、二十世紀から学んだものではない。お能は、つまり謡曲という文章は、あんなものは百科辞典だと言う人もいるけれども、イメージ……ことばからことばへ変る、イメージが変化するときに、人間が全体的に移っちまうのだよ。一つのキャラクターを大事にする必要はなんにもないのだ。ことばがね、その人間をジャンプさせていく。連想作用でジャンプさせていく。たとえばお能の原本がないから思い出せないが、「松風」で、「月は一つ、影は二つ、満つ潮の、夜の車に月を乗せて……」なんかそういうセリフがあるわな。そうするとね、「月は一つ」というイメージが一つあるだろう。「影は二つ」というのは、それは潮の車が二つあるから影が二つ。「満つ潮の」というのは、まったくただ三つという観念と、潮が満ちるというのといっしょになっている。アソシエーション・オブ・アイディアだろう。そうしてそれに潮汲み車を引っぱってるだけの話だよな。だけれども、普通の言語だったら、お月様が出て、その月の影が潮汲み車に映っていて、それを私が引いてるんだというだけでは、なんらセリフは行動にならないのだ。能のセリフ自体が行動になってるのは、そういうイメージの力だよ。そういうイメージの力を発見したというのは、すごいと思うのだね。それは、なにもけっして二十世紀的な方法ではない。非常に中世的な方法だけれども……。

安部　過去にあっても、なくても、対話をアクションとしてとらえることが、二十世紀的課題であることに変りはないだろう。

三島　うんまあね。なんというか……。

安部　困るのは、アクションを変なふうに狭く考えて、ことばはアクションではない、いまわれわれに必要なのはアクションなのであって、ことばではない……。それはけっきょく、ことばを殺すと同時に、アクションをも殺していることになるんだが……。

三島　そうそう。

安部　もし言語の行動性を回復できなかったら、二十世紀の文学どころか、文学なんかぜんぜんやめてしまったほうがずっと今日的だよ。

三島　それはおしまいだね。

安部　しかし本当にイメージなのかな……きみはイメージと言ったけど。もし、イメージを尊重して、セリフを徹底的にイメージ化してしまったら……。

三島　そうすると僕の世界は壊れちゃうのだ。完全に壊れちゃうのだ。

安部　だんだん、意味が後退して、アンチ・テアトルみたいになっちゃうね。

三島　そうだね。だから僕はイオネスコとか、ああいう芝居は大きらいなんだ。そして僕はフランスでイオネスコの芝居の悪口をさんざん言ったら、相手がイオネスコの二十年来の親友でね……。

安部　それでどうなった。

三島　まあケンカにもならなかったけれども、私の口からは、彼に不満があっても、とても口に出すことはできない、と言っていたよ。（笑）

安部　僕はきみほど、きらいではないな。

三島　そうか。

安部　イオネスコよりも、ベケットのほうが好きだよ。

アンチ・ロマンとアンチ・テアトル

三島　ではベケットの話でもしようか。ベケットでね、「ゴドーを待ちながら」ね、僕はゴドーが来ないというのはけしからんと思う。それは二十世紀文学の悪い一面だよ。ゴドーが来ない。これはいやしくも芝居でゴドーが来ないというのはなにごとだと、僕は怒るのだ。

安部　わかったよ。僕もその点については、必ずしも反対はしない。ただね、セリフに行動を与えたという点でさ、あれはやはり大したものだと思うよ。

三島　そうかね。

安部　一つの方法の発見だったと思うな。ただしかし、アンチ・テアトルとか、それから……。

三島　アンチ・ロマン。

安部　そう、アンチ・ロマンとか、どうも疑問に思うのは、きみが言った、そのゴドーが出て来ないところがパターンになってしまった。ゴドーも複数になっちゃ、具合がわるいね。

三島　衰弱だろう。僕はほんとうに今ごろ衰弱というのはなにをしているのだろうと思う。二十世紀という時代がね、われわれの生きているこの時代が、もし意味があるとすれば、「衰弱だけはしていない」ということだけなんだよ。ほかにはなにも意味はありはしないよ。つまり、僕の考えでは、アメリカの肉体主義のほうが、まだしも二十世紀的な世界観だと思う。つまりいまが衰弱している、いまが退屈している、いまがなになにというのは、十九世紀にそういうことはみんなすんだのであって、いまは退屈してない。いまはちっとも衰弱してない。とにかくなぜお前衰弱してないんだといえばね、ボディービルをやっているとか、朝の体操をやっているとかだね（笑）。それだけしか根拠がない。そうして、それだけしか根拠がないというところが、僕は二十世紀だと思うにもかかわらず、ヨーロッパ的な風潮は、現代が衰弱だということが、とても好きなんだよ。

　そうすると映画の「甘い生活」ではないけれども、たまらない退屈とか、たまらない衰弱とか、空虚とか、フランソワーズ・サガンの大衆小説みたいに、そういうことがとてももてはやされるのは、どういうことか。僕はやはりそうは言っても根本的に元気だからもてはやされるのではないかと思うが、だけれどもそういうものに作家が甘えて、文学的な、全部もう、あらゆる可能性が汲みつくされたから、もうあとこれしか残ってないという考え方は、とても傲慢できらいだね。それはあんまり概括的な言い方だよ。

安部　そうそう。はなはだ概括的すぎるな。ただ、衰弱か……どうもおれは、そういうふうに言いきれないたちでね。

三島　そうか、それはたとえばね、われわれだってインポにはなり得るよ。われわれだって胃弱にはなり得る。だけれども……。

安部　いや、ことばの問題だよ。きみのように、そこまで大胆不敵には使えない（笑）。衰弱とか、健康とか、ことば自身にこだわっちゃうんだ。

三島　そうか。

安部　そんなふうに、こだわることが、衰弱なのかな（笑）。ただ、ゴドーのパターンが困るということには、まったくさんせいだね。

三島　パターンだよ、ぜんぜんパターンだ。

安部　そういうものは、やさしいことだからな。

三島　芝居をつくるつくり方としてもやさしいよ。

安部　しかし、つねにゴドーが出てくるパターンだとか、はじめからぜんぜんゴドーなんか存在しないパターンだとか、そういうのも困るだろう。とくに、後者のタイプが日本にはいる。

三島　なってきている。

安部　やはり作者の側で創造に力を注ぐということを、すでに放棄してしまっているのか、力がなくなったのか、まあ、きみに言わせれば、なくなったということだろうけれども。

三島　僕はなくなったとは思わない。アンチ・ロマンなどは、そんなに丹念に読んでるわけではないが、ああいう作風を見るとだね、やはりとても元気な人間が俳句を作ってるような気がするのだよ。そぐわないよ。

それでね、われわれは、きみだって自動車の運転をしてかけずりまわるのだし、われわれの生活というのは、もう昔の人間に比べたらね、エネルギーの浪費はたいへんなものだよ。これだけエネルギーが浪費できるのは、なにか食べているからできるのだしね。それでこの二十世紀を生き抜いているということは、われわれはたいへん誇りにしていいのでね、生き抜けられなければ、とっくに精神病院に入っているよ。

安部　おれもまだ入院してないよ。誤解しないでくれよ。(笑)

三島　ほんとうだね。つまり創造力の問題とエネルギーの問題とは、われわれの時代にはうまくいってないのだ。たしかにエネルギーはあるのだよ。だけれども創造力はないのだよ。そういうことで、みなそれが主題になると思っている。それはね、私小説でも同じことで、たしかに酒を飲むエネルギーはあるけれども、小説は書けないとこぼしているのと同じで、いまの一般的傾向はちょうど日本の私小説の、書けない、書けない、書けないと言っているあの叙述ととても似たものを感ずる。僕はそういう一般的印象だね。

安部 僕もさっきから、それを言ってるのだよ。それをもうちょっと、高級に言ってるのだ(笑)。単に……そうなんだな。(笑)

隣人と他者

三島 おれは読者のために、きみの言うことを解説したのだ(笑)。しかしきみ、二十世紀文学というのはどんなイメージをもっている……? 僕がすぐトーマス・マンだのプルーストというのは古いかね。

安部 うん、僕にはね。やはり、否定的ではあっても、まだきみの言う衰弱文学のほうに問題性を感じるな。

三島 そうか。

安部　つまり言語に対する疑惑をあそこまで徹底させて、言語の機能をトコトンまで疑ったところで仕事をはじめたという姿勢は、やはり必要だと思うのだ。しかし主題としては、あそこにはなんにもなさすぎるな。

おれが考えている、二十世紀の主題というのは……いや、おれだけの主題かもしれないけれど……やはり、いかにして隣人を、われわれのなかにある隣人思想ね、つまり共同体思想だな、そいつをいかに絶滅するかということなんだ。いろんなヴェールをまとって生き残っている隣人どもを、いかにして抹殺するかということだね。つまり、それは、他人と対立する隣人なんで、いろいろに形を変えて、出没するわけだな。その化物退治が、なんと言ってもおれのテーマなんだな。

三島　それはまた、非常に解説的なことを言うと、やはり隣人思想というものは、ヒューマニズムで、他人の思想というのは実存主義だろう。それは結局、実存主義とヒューマニズムとが、どこで折れ合うかという問題かもしれないのだ。だけれども実存主義の功績は、他人を発見したことでね、ヨーロッパには隣人思想しかなかったのが他人を発見したというのは、他人大きなことだよ。他人というのは、つまり自分が実存的人間であるためには、他人の目がどうしても必要なんだから、そういう意味の連帯意識だよね。それは実存主義の功績であって、それは普通の甘い連帯感とぜんぜん違う。恐ろしい他人の目を通して、それではじめて実存が成立するという考え方で、非常におもしろい考え方だと思うけれども。（後記——サルトルの『存在と無』のサド・マゾヒズムの章にこの考え方がよく出ている）

安部　よく言うじゃないの、日本には絶対者がいないから駄目なんだとかなんとか。ああいう言い方、僕は気にくわないね。キリスト教社会では、神というものが、隣人を拡大していって、他者に到達するプロセスだったわけだ。しかしあくまでも隣人をいかすための神だったわけでしょう。その神が死んだら、つまり、いまきみが言ったように、二十世紀の思想として、いやでも他人が浮んでくる。では、われわれ日本人にはその神がなかったから、すでに他者に到達しているかというと、そうはいかない。やはりどこもかしこも隣人だらけなんだよね。

三島　いや、隣人はない。たとえば江戸時代の五人組以来の隣り近所の目とか、というものだけだろう。ああいうものはほんとうの意味の隣人ではないからね。世間ていが悪いとか……。

安部　世間か……。

三島　世間とかね、あれは隣人ではないね。まあそんな極端なことを言えば、日本人のほうが他人を先に発見していたのかも知れない。

安部　いや、日本の近代化は、その世間の隣人化のプロセスだよ。

三島　それは明治以来、日本人はヒューマニズムにかぶれて、せめて隣人に接近しようとアクセクしているのだよ。しかしうまくいかないで、で、うまくいかないからこそ進歩しているのだよ。

安部　いいことを言うな（笑）。その点を意識的にやっていくと、日本文学も、世界文学の基準ではかりうるものになるんだがな。他者の発見ということは、世界共通の課題なんだからな。

三島　他者ということだね。きみの『他人の顔』のなかで、デパートで、ある男をつかまえてね、お前の顔を貸してくれというところがあるだろう。「顔を貸せ」というのは非常に日本的表現だが。（笑）

安部　そうだよ、そうだよ。まったくだ。

三島　しかしね、あの小説でいちばん好きなところはあそこなんだ。つまり、あそこまでぜんぜん、他人を出してないのだ。あそこではじめてニュッと他人が出てくるのだよ。あれは非常に効果的な出し方で、そこまで百五十ページくらいあるのだからね。

安部　そうそう。

三島　ああいう出し方は非常におもしろいのだけれども、それは日本の小説というのはけっしてそういうふうに、話ははじまらない。それはなんというか、隣人とも他人ともつかない人間関係ね。ネバネバしたゲマインシャフト〔共同社会〕から話がはじまるのが通例だろう。バーの女だって、きみ、あれは隣人でもないし、他人でもないし。

安部 隣人もどきだな。

三島 日本のバー小説というのは、みなそこからはじまるんだ。バーの女が、お客が入ってくると、「あら、アーさん、なにをきょうは……」とか「しょげた顔をして……」とか言うところからはじまる。それはもうすでに、他人ではないのだな。そこでどんなイロ事を演じても、他人とのイロ事ではないのだ。

安部 他人ではないのだ。つまり他人からね、砂糖が溶けるみたいにさ、だんだん角がとれてくると、隣人化したような錯覚に陥るわけだよ。そうしてその疑似隣人だな。プソイド隣人となれあって、そのプソイドであることによって絶望したり、悲しかったりして、さわりができていくというような運びだろう。そこにはぜんぜん隣人に対する苦痛がない。隣人というものは、つまり許すべからざるものなのにね。これでも現代文学という名に値するかどうか、非常に疑問だね（笑）。だから私小説がいいか悪いかということではなくて、問題はその私が、どこまで隣人や他人と対決しているかなんだな。

「残酷さ」について

三島　しかし島尾敏雄なんかどう思う。僕はあれも私小説だと思うが、つまりあれはね、ある意味で、外国に持っていったら、とても新しいと思われるだろうと思うのだよ。

安部　島尾敏雄の場合には、立派に他者というものがあると思うよ。私小説の目新しさではなくて、そういう意味で、外国でも新鮮な印象で受取られるんじゃないかな。他者との対決の新鮮さね。

三島　あれは非常に残酷なものなんだよ。つまり他者との対決が必要だから他者をつくり出す。そういう作業だよ、あの小説は。そうするとね、まああのなかに出てくる狂気の奥さんというのはだね、つくり出された他者であって、もともとから存在したものではない。ある意味ではあの小説の原動力は全部作者であって、作者が女房を気違いにし、その気違いの看病をして、そうしてくっついていてだね、自分にはどうしても他人が必要だから、他人をクリエーティヴにつくり出す、という作業でね、ある意味で私小説の方法論としてはいちばん残酷で、身もフタもないやり方がそこにあるような気がする。だから一般の、いわゆる私小説作家はそこまで意識しない、あるいはそこまで徹底しないでだね、やはり他人をつくり出している。他人を利用するためにつくり出す。すごい非人間的作業をやっていると思うのだよ。それは、そういう点ではとてもおもしろくて、新しいのでね、僕たちはとてもそんな真似はできないから、大正時代で低迷しているけれどもさ（笑）。それはすごいよ。あれはやはりアウトローだな。

安部　しかし、きみだって、その大正時代のことばで、隣人に歯をむいているのだな。日常、普段に。

三島　そうだね。

安部　他者だけがきみの舞台なんだな。だからきみは私小説を書けない。島尾君の場合だって、「私」というけど、あの「私」は他者だからね。

三島　それはそうだろうね。それだから、そう言ってしまえば、自分が他者であるが故に、もう一つ他者のコピーを作らなければ、自分の実存が確かめられないので、それで他者を作り出すという作業だと思う。でも、きみが『他人の顔』でやってることは、ああいう、つまり私小説の手法ではないけれども、やはり根本的にそういう作業だと思う。どうしても他者を作り出す。そのために自分の顔まで変えて、そうして人を利用して……デパートで、可哀想に、知らない人をつかまえてあんな申入れをするだろう。（笑）

そこでまた一つ、二十世紀文学の一つの特徴だけれども、そういう「残酷さ」というのはあるね、たしかに。ものすごい残酷さがある。僕は、トーマス・マンにもそういう残酷さを感ずるし、マルセル・プルーストにも感ずるが、十九世紀の文学にないような、たとえばフローベルがどんなにボヴァリー夫人をいじめつけても、そんなに残酷じゃないよ。だけれども、プルーストのシャルリュス男爵の書き方、それからトーマス・マンの『魔の山』に出てくる人物でも、ナフタでもセテムブリーニでも、ああいう人間たちの書き方は、独特なサディズムがあるな。

安部　他者に対する恐怖なんだな。

三島　恐怖がそういうものを作るのかも知れない。

安部　他者に対する恐怖が、二十世紀文学の発端だったんじゃないかな。ストリンドベリーだってそうだし。これがどんどん進んで、他者に対する恐怖がなくなるときに、つまり隣人が消えてしまって、それは非常に残酷なんだが、その残酷さが、むしろ一つの基準になるときにね、本当の次の時代が始まるんじゃないかと思うのだ。だって、今度のきみの芝居だってそうじゃないの。あれは、セックス劇というよりはむしろ残酷劇だ。（笑）

三島　それは、きみが『榎本武揚』について、「忠誠でもない、裏切りでもない、第三の道があるのではないか」と書いてるだろう。それが、きみのそういう意味かね。

安部　たとえば、よく組織と人間を対立物として考える考え方があるね。しかし僕は、組織がこの世からなくなるということは、ぜんぜん思わない。そうすると、永久に人間は組織と対決していく。人間は不幸なもので、未来は灰色に描かれる、というようなのは、これは非常に滑稽だと思う。それは、やはりその組織のなかに、隣人と他者という対立が持ち込まれるから、そういうことが起ってくるので、隣人をすべて抹殺して、他者だけになったら、もちろん自分自身も他者になるわけだが、そうしたら、組織と人間が対立するという状況はあり得ないのではないか。

三島 それでは疎外という問題が、そこに出てくるかい。疎外という問題は、なんだ、あれは。

安部 それは、うっかり言えないのだな。

三島 どうして。

安部 だって、学者みたいなのがあんまりいろいろと……。

三島 じゃあ紀元節みたいなものだな。（笑）

安部 うん。疎外A、疎外B、疎外Cなどと、いろいろあるらしくてさ、どうも最近、疎外恐怖症になって、疎外から疎外されたのだな。僕はああいうことばの定義というのは、空虚でいやだね。

三島 いやだね。だけれども、言葉の定義づけで喰ってるやつがいるのだからね。

安部　とにかく日本の批評家は、隣人的な私を大事にしすぎるので困る。最近大江君なんか、いろいろと非難されているようだね、彼には、「私」がなくて、「私たち」と、いつも複数でしかものを語らないという。

三島　そうか。

安部　やはり、隣人と他人の隙間というものに、どこまでわれわれが入って行くのか、入って行けるのかということ、それからまた、入って行っているかということで批評すべきであって、やはり僕は、大江君がいまの文学を代表している側面というものは、そういう隣人と他者の隙間というもののなかで、彼が現に苦闘しているということだと思うのだ。私が私の隣人になって、すっきりまとまってみたって仕方がないじゃないか。

三島　しかし外国から帰って来た彼のエッセイは、バカに硬いね。硬いというのは、フレキシビリティーがないではないか。

安部　孤独になりすぎたのかな。

メイラーとミラー

三島　僕は、二十世紀の文学のあるものについて、生理的嫌悪を感ずるのは、自分に関心を持ちすぎるというのが、とても耐えられないのだ。ノーマン・メイラーの小説を読むと、なんでこの男はこんなに自分に興味を持っているのか。『ぼく自身のための広告』ね、あれなんか読んでも、なかにはずいぶんおもしろい部分もあるし、小説家としてすばらしい才能もあると思うが、こんなに自分のことばかり話す男は、おれはきらいだと思うのだよ。それは告白というものではなくて、告白よりもっと追いつめられたものだな。

告白というものは、白鳥が一回叫ぶように、やはり一回だけ叫ぶのが告白だと思うけれどもね。ああ年中、自分のことに興味があっては、しようがないと思うのだよ。それで、この言語というものに対する、きみはさっき疑いと言ったけれども、一方では二十世紀文学では言語に対する盲信があって、自分が孤立したら、言語で世界を埋めればいいではないかという、変な観点がある。そうすると、なんでもかんでも、言語でぬりつぶせば、世界が自分に帰属するという、ノイローゼ症状があるだろう。それは、きみの好きなヘンリー・ミラーにもそれを感ずる。

安部　いや、ヘンリー・ミラーとノーマン・メイラーとは違うよ。ノーマン・メイラーには、言語で埋めていくという作業、その作業に対する絶対的な信頼があるわけだ。

三島　『一分間に一万語』などというね、ああいうのがある。

安部　それは非常にきらいなんだよ。しかし、ヘンリー・ミラーについては、むしろその逆を感ずるのだ。

三島　そうか。

安部　彼はまあ、たしかに埋めていくタイプではあるね。

三島　ぬりつぶしタイプだ。

安部　清掃車に、こうプレスしてさ、ゴミを積んでいく車があるじゃない……あんな感じがする。するんだけれども、彼はその行為に対して、ほとんど信頼を寄せてない気がする。

三島　寄せてない……？

安部　不信が手を休ませない……。

三島　それはノーマン・メイラーとは格が違う。それは認めるよ。ヘンリー・ミラーは、格が違うよ。

安部　きみはダレルのほうが好きだろう。

三島　好きなんだ。

安部　僕も作家としては好きだよ。芸術家だと思うな。しかし書くことを信頼しているだろう。

三島　それはとてもあるね。

安部　その点で、僕はダレルとなら張り合える。しかし、ヘンリー・ミラーとは張り合う気がしないね。あんなふうには書けないよ。書く気がしないのだ。ただ、あの不信は、なにか象徴的なんだな。しかし、同じように詰め込んでいっても、ノーマン・メイラーはそれで満たされていっているような、錯覚というか盲信があるだろう。

三島　それで、見ていると、たまらん空虚だろう。

安部　アホらしいのだ。むしろ書くのをやめたほうがいい。

三島　僕がヘンリー・ミラーがきらいな動機は、とても簡単なんですよ。あれのランボオ論を読んだが、そうしたらおしゃべりなランボオ論でね、ランボオの回りをウワーッとしゃべりながら、駆けずり回っているのだよ。しかしランボオの沈黙というのは、逸しているのだよ。僕は、やはりランボオにとっていちばん重要なことは、沈黙、寡黙ということだと思うね。若くて、やめて、寡黙であったということだ。しかし、ランボオから寡黙を取ったら、なにが残るかと思うよ。だけれども、おしゃべりが寡黙を扱うことはできない。扱った対象を間違えただけのことかも知れないがね。

安部　ミラーのおしゃべりはそのランボオの寡黙というか、沈黙からむしろスタートしていると思うのだ。僕はそう思うよ。

三島　それはまた、あんなに情熱的にランボオ論を書いた理由かも知れないのだよ、あれがね。そうかも知れないのだ。ただ、君だってそういう作家だけれども、君だって寡黙な作家

だし、僕はおしゃべりだけれども、寡黙でありたいとね、少なくとも……。(笑)
安部　ずるいね……。
三島　望ましい人間像としては、寡黙でありたいと思いながら、しゃべっているのだ。(笑)
安部　おれたちはやはり、芸術家でありすぎるのだな。こんなことを言うと、あとでそうとう書かれそうだが(笑)。つまり、ヘンリー・ミラーは別格。ダレルは、われわれと同じ芸術家。ノーマン・メイラーは、もはや論外。
三島　そうだね。
安部　ちょっと独断的すぎたかな。
三島　しかし、二十世紀文学というのは、おしゃべりが多いのだね。マルセル・プルーストでもおしゃべりで、トーマス・マンでも、これ以上のおしゃべりはないね。なにもサナトリウムに行ってだね、椅子が、どういう椅子が置いてあって、その椅子には脚が四本あったまで聞きたくないよな、こっちは。それがみんな書いてあるのだもの。そういう作家だろう。僕は、ラディゲをはじめ好きで、ラディゲにとても影響されたが、この間フランスに行ったら、ラディゲは、もうパンテオンに入ったというね。ラディゲはほんとうにいまや神になったらしいよ。あれはじつに寡黙な作家だろう。こんなに騒がしい時代だから、僕は寡黙な作家が好きだが、しかし寡黙ということと衰弱とは非常に違うので、やはり弓の名人が、弓をこう、ビーッと引いて、チョーッとはなすときの、弓のたわめかたが好きだよな。

安部　しかし、そのおしゃべりというのは、文体上のおしゃべりとは関係ないだろう。

三島　文体上のおしゃべりとは関係ない。たとえば、トーマス・マンは文体上のおしゃべりとは言えないだろうな。

安部　だからさ、たとえばロブ＝グリエにしても、椅子の脚が四本どころではなく、その椅子の横断面は、縦横の比率が何対何だったとか書いてあるだろう。ああなってくると、つまりおしゃべりを通りすぎちゃって、気違いの独白になっちゃうのだね。

三島　気違いの独白になっちゃう。

安部　そうすると、もうおしゃべりとは言えなくなってくる。気違いのおしゃべりというのは、沈黙よりも、凍りついてしまった、そういう一種の凍結したイメージがある。これは、僕はきらいじゃないな。

三島　きらいじゃないというのは、どういう意味。つまりそういうところがきみの趣味に合うの。

安部　ああ、あの凍結感ね。無機感というか。

三島　それはよくわかるような気がする。きみの文学から考えて、わかるような気がする。

安部　魯迅なんかにもあるね。たとえば、地獄で凍った炎というようなイメージ、もしシュールレアリストがあれを書けば、それはわかっちゃうのだが、魯迅なんかが使うと、もうおしゃべりを通りすぎて、その向うに消えてしまうような、ああいう感覚って好きなんだよ。きみだって好きだろう。

三島　それはわかるけれどもね。つまり現代は、文学をやるのにね、あまりにも無効だという観念が強すぎてね、日本じゃ、まだ一部の民主主義文学作家などは、文学の無効性を信じてないだろうが、世界の大勢としては信じているよ、絶対に。それは信じ方が強すぎてだね、そうして、どうせ無効ならおしゃべりをしようというような、つき合いきれないようなおしゃべり、それはだれと名をあげなくてもいいだろうが、ノーマン・メイラーでもいいだろう。しかし無効だからこそしゃべるというおしゃべりは、耐えられないのだよ。それは大江君のある小説でもほの見える。無効だからこそしゃべるというような観念がある。

安部　逆だろう。彼はむしろ有効だと……。

見ることの行動性

三島　有効だと思っているのかね。それはまあ、むずかしい問題だが、しかし、無効だからしゃべるということに比べれば、文学のなかで、せめて、きみがさっき言った行動ではないけれども、行動性を回復したいと思う。行動性を回復するというのはだね、なにも冒険しに行ったり、虎狩りに行ったり、アルジェリア戦争に行ったり、ベトナム戦争に行って駆けずり回ることではないのだ。われわれが現実に生きていて、一つの行動をする場合にね、これはよけいだから、この部分は行動の目的に合致しないから捨てよう、これは行動の目的に合致するから取っておこう、こういう判断を働かすのは、われわれは生きているからだし、それがつまり行動だろう。行動というのは、一瞬一瞬の的確な判断で要らないものを捨て、要るものを取り、そうしてどんどん選択しながら進んで行くのが、生きていることだろう。

文学がその要素を失ったらおしまいだと思うね。僕は、それが文学における唯一のプラクティカルなものだと思うのだ。行動と言ってもいいし、実践的と言ってもいいが。そうしてことばというものを扱う以上、ことばが、なにかのことば自体の用を持つとすれば、そこにはやはり行動と同じ原則が働き、プラクティカルな事物と同じ原則が働くのだから、ことば自体の有効性というものがなければならない。ことば自体の有効性のためには、ことばを節約することも必要だし、目的地に達するために、こうこうこういう判断でもってたえず動いて、これを捨て、これを取りしていかなければならない。作家にそういう意識がなくなったら、文学はやって行けないと思う。あるいは行動の擬態であるかも知れないがね。

安部　いや、擬態とは思わない。むしろ行動というものが先にあって、その行動を言語によってあらわす場合には擬態になるだろう。

三島 それはそうだろう。

安部 言葉は、もちろん行動の断絶から起きるわけだ。しかしその断絶も行動の一要素だと思うのだ。

三島 それはね。

安部 セックスもイメージだけではワイセツにはならない。それが言語によってはじめてワイセツになるということは、非常に大事な問題なんだ。つまり行動も言語によってはじめて行動になるわけだな。言語がなければ……たとえば鯨が泳いで南極まで行ったってそれは行動ではない。ただ空間的な移動にすぎない。

三島 そうそう。それは否定できないのだ。それは、どんなに言語芸術が衰退しようが、どうしようが、そんなことは否定できないし、だいいち羽田の航空塔に行くと、セントラルタワーが指令をする。するのは英語でやっているのだ。英語だって言語であるには違いないが、言語でもって、そこで脚を出せとか、そこでもう一つ旋回しろとか言って、それで何百人の生命が救われているのだろう。人間世界は、やはり言語でもって動いているのだ。

それを考えると僕は、十九世紀のデカダンスの作家にあまり親しみすぎたけれども、十九世紀のデカダンスの作家は、たとえば作家がものを見るという機能、この灰皿を見たり、はなはだしいのは人の性行為を見たり、そういうことで小説を書いていったから、見るということは行動ではないのではないかと思うようになっちゃって、見るということにコンプレックスを非常にもっていたのだけれどもね。もう一度、見ることの行動性というものを復活しなければならない。見ることも行動の一部であって、作家のそういう生き方も、いちばんスタティックなものに行動性があるのではないかというふうなことを考えるようになった。まあ、卑近な例だけれども、開高健がベトナムで、ベトコンの銃殺のシーンを書いている。なんにも見てない。僕は驚いた。それは、こっちで、東京にいて書斎のなかで、想像して書いたほうがましだよ。そこまで見るということを信じなくなったら、これはもう、非常に衰弱だと思うよ。やはり作家というものは見なければならないし、見ることが……。

安部　賛成だね、それは。

三島　小林秀雄ではないけれども、見ること自体が行動だということにならなければ。そうしていちばんスタティックな、人間の抽象作用のなかで、いちばんスタティックなものが行動だということにならなければ、言語は成立しない。

安部　それはもう、ほんとうに賛成だね。見るということを、行動と対立させた考え方というのは、非常にロマンティックな考え方でね。二十世紀前半には、わりにそういう考えがあったけれども、それをどう越えるかだね。

三島　どう越えるかだ。そこが課題になるのではないか。

安部　それは、いままでの左翼文学というものが、ある意味で内部崩壊してきているが……。

三島　左翼文学はみんな、見ることとの劣等感、見ることとの行動に対する劣等感で成り立ってる。そうして小林多喜二が神であるのは、やはり行動によって神であるので、彼が見たことによって神であり得てはいないのだ。

安部　もう神でもなくなってきたようだけどね。

三島　そうかね。

安部　むしろ、道祖神みたいになってきたようだけれども（笑）。それはね、いま言ったことは重要だよね。ソ連なんかでもそうらしい。

三島　そうかね。でもまあ、「近代文学」の一派の批評家なんか、そういうことはまだわからない、とてもね。

安部　でも花田清輝が、いまの問題では、ちょっとおもしろいポジションにあると思うな。アンチ・アクションの立場というものを堅持している。

三島　君の言う、凍結した無機的なものというのには、おそらくそういうものが入っているのだと思う。それに対する……。

安部　いや、それはイメージなんだよ。

三島　イメージね。
安部　うん。それは、花田清輝はきらいらしいのだ。
三島　きらいなのか。いろいろ好ききらいはあるものだね。
安部　好ききらいで論じていくと、これは駄目だね。石川淳にはあるね。
三島　それはあるね。精神の運動というものはね。
安部　やはりあれは、氷のなかの軌跡のようなものだからね。
三島　僕は、このあいだの「文芸」の、吉本隆明と江藤淳の対談〔一九六六年一月号掲載「文学と思想」〕を読んで、非常におもしろかったけれども、吉本隆明の考えは、じつにむずかしいことばを使っているけれども、わりに好きだね。
安部　むずかしいことばを使っているけれども好きだというのは……。
三島　つまりね、じつに簡単なことを二つ言っている。つまり、後世に影響をおよぼす書物は、みんなボイコットされた書物で、まあ『資本論』はだね、マルクスが『資本論』を書いて、死ぬときには、ほんとうに人にも看取られないで死んで行った。みなにボイコットされたときに『資本論』が次の時代を動かした。で、ベストセラーなんかになる必要がないというのが一つ。ずいぶん安心するよな、これは（笑）。もう一つは行動の問題で、吉本が言っていたのだけれども、文学者として参加するのではなくて、自分がやるときには一庶民として参加するのだと。つまり人間、二重構造というのは、人間の根本的な宿命であって、いまにはじまったことではなく、人間が生きている以上は二重構造がとうぜんだと。小林多喜二がダンスホールに行って、恥ずかしいということは、そんなことはないのだと。ダンスホールに行く小林多喜二は別の小林多喜二で、イデオロギーを追求する小林多喜二は別の小林多喜二だと、はっきりね。逆立ちしているというわけだね。その二つはじつにまあ、それだけのことだけれどもね、非常におもしろかった。

安部　それはもちろん自明の理だよね。

三島　自明の理なんだけれども、その自明の理を、結局、吉本隆明が言うところがおもしろいではない？　吉本隆明にとってはとうぜんのことだろうが、しかし彼が言うと、おもしろいよ。学生はいうことをきくよ、少し。おれが言っても、学生はみなソッポを向くだろうが、吉本隆明が言うと、学生がいうことをきくよ。(笑)

安部　そうかね。しかし僕は、今日、一つだけどうしても言いたかったことは……なんだったか、たしかあったのだがな。

メトーデの伝統

三島　伝統の問題があるな。
安部　伝統はよそうや。
三島　安部公房のような伝統否定と、おれのような伝統主義者とが、どういうふうにケンカするかということは、おもしろいよ。
安部　おれも科学的伝統は幾分守っているからな。
三島　でも科学には、前の学説が否定されたら、どうやってやる？
安部　方法だよ。
三島　メトーデの伝統か。
安部　そうそう、事実というものはだね、科学のなかでは非常にもろいものだよね。だから好きなんだ、おれは、科学は。
三島　日本の伝統は、メトーデが絶対ないことを特色とする。
安部　それが伝統か。困ったな。
三島　それはそうだよ。絶対そう思う。日本では、伝承というものにメトーデが介在しないのだ。それがいちばんの日本の伝統の特徴だよ。たとえば秘伝というものがあるだろう。お能で、秘伝を先生が弟子に譲る場合ね、入門者だって秘伝書を読めばいいようなものの、先生の戸棚から盗んで入門者が読んでも、なんにもわかりはしない。それから二十年くらいお能を勉強するのだ。そうしてなんだか知らないけれども、一生懸命口移しに覚えて、三十年か四十年か五十年かたって、なんか曖昧模糊としたことを書いてある巻き物をくれるだろう。月がどうだとか、日輪がどうだとか。それを読むとアッとわかるのだね。わかるがそれは秘伝だから、ほかの人には言えない。言ったってほんとうはしようがないのだね。そうしてメトーデがないところで伝承していくというのが、独特の日本の伝統だよ。

安部 だから日本でスパイ小説が発達しないのだな。(笑)

三島 盗んだってしようがないから、ぜんぜん。

安部 せいぜい忍者で止《とど》まったということか。

三島 日本ではよく巻き物を盗んだりするが、盗んでもしようがないのだ。

安部 嘘なんだな。

三島 嘘なんだ。そうして文学もそうだけれども、舞台芸術、武道なんかに象徴的にあらわれていると思うけれども、伝承という考えは、西洋でも、つまり鍛冶屋に弟子が入って、徒弟時代、遍歴時代、それからマスターになるね。それはメトーデを教わるのだよ。メトーデをだんだんマスターから教わって、マスターピースを作ってマスターになるのだよね。だけどそれは、西洋の歴史はメトーデの伝承の歴史だね。日本はそうではない。秘伝だろう。秘伝というのは、じつは伝という言葉のなかにはメトーデは絶対にないと思う。いわば日本の伝統の形というのは、ずっと結晶体が並んでいるようなものだ。それは、横にずっと流れていくものは、なんにもないのだ。そうして個体というのは、伝承される、至上の観念に到達するための過渡的なものであるというふうに、考えていいのだろうと思う。

そうするとだね、僕という人間が生きているのは、なんのためかというと、僕は伝承するために生きている。どうやって伝承したらいいかというと、僕は伝承すべき至上理念に向って無意識に成長する。無意識に、しかしたえず訓練して成長する。僕が最高度に達したときになにかをつかむ。そうして僕は死んじゃう。次にあらわれてくるやつは、まだなんにもわからないわけだ。それが訓練し、鍛練し、教わる。教わっても、メトーデは教わらないのだから、結局、お尻を叩かれ、一生懸命ただ訓練するほかない。なんにもメトーデがないところで模索して、最後に、死ぬ前にパッとつかむ。パッとつかんだもの自体は、歴史全体に見ると、結晶体の上の一点から、ずっとつながっているかも知れないが、しかし絶対流れていない。

安部 それは舞台の話？

三島　舞台美術もそうだし、武道の名人などもそうだし。
安部　武道はわかるが、しかし……。
三島　その観念は、中世の禅からはじまったところも一つあるだろうが。
安部　江戸時代に入ってからではないの。
三島　江戸時代に入ってからがかなり強いだろうね、それは。
安部　たとえば武道の場合には、戦国時代が終るね、そうすると武道というものが実用性から、いちおう実用的なものでないものに変っていく。そこでなにか非常に、いま言った秘伝というものが、重要な意味をおびてくる。
三島　それはそうです。たとえば歌でもそうですね。古今伝授なんか出来たのはあれです、ずっと室町ごろからですからね。もちろん定家のあとからだんだん秘伝化されてはいるけれど、結局、日本の伝統というものの観念は中世に出来たのであって、それは新しいではないか、それは中世からのものではないかといえば、伝統という観念がもともと……。
安部　うん、伝統を尊重するという観念ね。
三島　伝統を尊重する観念は中世から生れた。やはり僕たちはどうしても中世からあとの人間なんだから、源氏物語の時代の日本の伝承意識がどうかということを、それをいきなり持ってきたって、しようがないので。それで日本のフォークロアはどうして伝えられたかというと、これはまた別で、そういう芸術やなんかの秘伝的な、非常にアリストクラティック〔貴族的〕な伝承のしかたと違うだろうね。

安部 そうだな、たしかに伝授という観念自身が作られたものだというのは、おもしろいな、その伝統という観念、伝統そのものよりも、伝統という観念そのものが重要だな。

三島 そうなんだよ。

安部 だから僕は、この前、ヨーロッパのどこか忘れたけれども、古いお寺に行ったんだよ。そうしたらお寺の屋根の上に手首が刻んであるのだよ。杖を持った手首が屋根の上に、紋章のようにね。紋章だと思ったら、そうじゃなくて、これは、このお寺を、その当時そういう構造のお寺はむずかしかったらしい。それで昔は、だいたい領主が注文して作るわけだ。それを占有したいわけだ。そのために、その寺を建て終ったら、棟梁の手を切り落してしまった。その切り落した手を記念して彫ってあるのだと、こう言うのだね。するとこれは、一体メトーデなのか、それともきみが言った、メトーデでないほうかね。

三島 どうなんだろうね。西洋のことはわからないけれどもね。

安部 僕はそれを見て、嘘だろうと、その伝説は嘘だろうという注釈もあったのだけれども、まあ、嘘でも事実にしても……。

三島 非常に日本的だね。

安部　いや、いまのヨーロッパだってそうだよ。
三島　そうかな。
安部　僕はヨーロッパ観念というものについて、日本でいろいろ言われたり、書かれたりしたものを読んだけれども、中部ヨーロッパに行くと、あのヨーロッパという観念が非常に壊れるね。われわれが考えていたヨーロッパというものは、ようするにわれわれのアンチ・テーゼにすぎなかったのだよ。中世は日本でもヨーロッパでも、やはり中世で……。
三島　しかしね、少なくともメトーデはアリストテレスのころからあるのだから。
安部　それはそうだ。
三島　きみ、日本にはアリストテレスのころの、いわゆるメトーデという観念は、ぜんぜんないだろう。
安部　ヨーロッパの中世にだって、遍在していたわけじゃないよ。
三島　もちろん途中で壊れただろう。だけれども、どこかで続いている観念がもちろんあるだろう。日本は、ついにそういう観念はないよ、方法論という観念は。
安部　それは、伝統という観念が作られたり、消えたりすることと関係ないかな。たとえばルキアノスだったかに、こんな神殿なんか建てても、だれもお互いに信じてないではないか、なんのために作るのだ、と一人が言うと、一方が答えていわく、いや、蕃族の観光客のため

であると（笑）。わがアテネの経済のためには……という対話があるのだよ。（笑）

三島　読んだことはないが、おもしろいね。京都タワーのことを笑えないね。

安部　笑えない。伝統という観念をそこで嘲笑しているわけだね。けっきょく伝統という観念の形成ということと自身が問題なんであって、伝統自身が問題ではないということを、非常に感ずるのだ。ギリシャの伝統などということを言っているのは後世であって、ギリシャ人自身はなにを言っていたかというと、蕃族の観光客のために神話は必要であるということを言っているのだ。

三島　やはりギリシャは、絶対にカマドの神がいてね、そうして家の神を伝承するということは非常に大きなあれだったし、そして伝承、あるいは伝統とは言えないかも知れないが、伝承という、一種の精神活動にかなりのエネルギーをさいたことは、ほんとうだよ。

安部　それも案外、蕃族のためではないのかな。

三島　いや、だからソクラテスが殺されたのではないか。

安部　やはり蕃族との関係があるのだよ、ソクラテスにも。

三島　あるけれども、あるいは、ソクラテスは、メトーデを発明しようとしたから、殺されちゃったのかも知れないよ。

安部　それはそうだな。

三島　そういう点、そのころのギリシャは日本に似ていると言えるかも知れない。しかし日本ほどストイックな伝統観念は、それほどはなかったかも知れないね。それにしても、僕はしかし、自分が非常に自由だという観念は、伝統から得るほかないのだよ。僕がどんなことをやってもだよ、どんなに西洋かぶれをして、どんなに破廉恥な行動をしてもだね、結局、おれが死ぬときはだね、最高理念をね、秘伝をだれかから授かって死ぬだろう。

安部　きみ、死ぬときに授かるのか。

三島　そう、死ぬときに授かる。（笑）

日本文学の評価

安部　遅すぎはしないかな（笑）。しかしもう少し詳しく聞きたいのだけれども、僕は率直に言って、伝統という観念がほとんどないのだよ。観念がだよ。自分のなかにあまりにそれが欠如しているということに対する不安感、恐怖感さえあったよ。だけどね、もう自分に率直になっていい年だと思うよ（笑）。そこで率直に言うとね、僕にはやはり伝統という観念がない。もう完全にと言っていいくらいないな。どういうわけだろうね。

三島　それはまた、きみが満州で生れたということと関係があるのではないか。

安部　東京だよ。満州で育ったけれどもね。国は北海道なんだよ。

三島　おれもね、関西に育ってないから。関西に育つと、もっと強烈かも知れないね。京都とかね。ただ僕が伝統などと言うのは、やはり一種の敵本主義でそういうことを言うのだ。敵は本能寺にありで。

安部　やっぱりそうか。

三島　敵は本能寺にありだ。たとえばね、泉鏡花を悪いという人がある。

安部　おれは言わないよ。

三島　そうすると、日本の近代文学理念というのは、ああいうものを認めない。それから、なんでもとにかく非常に限られた狭い趣味の、近代文学上の趣味なり理念なりが、批評家のみならず、作家全部を支配しているだろう、日本じゃあ。そういうものに対する不愉快さから伝統というのだよ。というのは、なぜ江戸文学が明治で切れたか。切れたとはさらさら思ってないのだ、おれは。それから源氏から中世に来て、それから江戸文学に来る、それから江戸文学から明治文学に来るのは、さらさら切れたとは思わない。ドナルド・キーンがそういうことを言うと、いかにも外人が、つまり巨視的な目で大ざっぱに概括するというが、外人から見て、そう切れてないなら、われわれから見ても、ますます切れてないと思うのだよ。つまり切れているということは、全部のいまの日本近代文学者の根本理念でね、それによって作家を、評価をみなメチャクチャにしちゃう。日本文学に対する評価もメチャクチャにしちゃう。まあ、志賀直哉氏のは立派な文学だが、ああいうふうなものだけが日本語の特質であって、もっとデコラティヴな西鶴以来の、ああいう連想作用の豊富な、メタファーの豊富な文学はだね、ぜんぜん、つまり日本文学の美しいものではないというふうな考え、それでずいぶんひどい目にあってる作家が、どれだけいるかわからないよ。泉鏡花だろうが、岡本かの子だろうが、だれだろうが……。

安部 泉鏡花はおもしろいよ。好きだよ。しかし、べつだん伝統観念は必要としない。

三島 ああ、そうか。僕は、つまり舟橋聖一でも、つまり伝統という関連から見れば、あれでいいのだというふうに思うのだよ。

安部 どうもよくわからない。

三島 そうか。だけれどもそれは、ずいぶんみなひどい目に会ってるよ。大正以後の文学理念の影響で。

安部 僕は、つまり伝統が断絶したとか、あるいは伝統が必要でないとかいうことを言っているのではないのだ。ただ関心がないんだね。

三島 なるほど、それはおもしろい。

安部 いや、べつにおもしろくないよ（笑）。でも、きみの意見はおもしろい。

三島　そうか。僕は、日本文学は脈々と続いてるものであって、どこでどうなってとぎれるなどということは、とんでもないと思うよ。

安部　いや、とぎれてもとぎれなくてもおれには関係ないのだ。

三島　そうかそうか。

安部　きみだって、敵本主義でそれを言っているんだろう。それは一つのメトーデになるわけだよ。

三島　敵本主義で言うんだよ。わざと言うのだよ。

安部　それを聞いて、ほっとしちゃうな。（笑）

三島　おれはメトーデはないのだよ。（笑）

安部　いや、そんなことはない。それがメトーデなんだよ。おれなんか、ほんとうにメトーデと言ってくれれば通じてくるけれども、そうでないと、まったく困っちゃうのだ。

三島　なにを言っているのかわからないね、まるで外国人と話しているように。それはわかるね。そういうのはわかるが、しかし僕がいまだにくやしくて覚えているのは、小学校のとき綴り方を書いて、そのころはみんな志賀直哉が最高のお手本だよ。小学生に志賀直哉を読ませてもしようがないのだけれどもね。あれに少しでも似てない文章は、もう悪い文章で、形容詞が一つあってもいけないのだ。つまり、ああいうふうなものが最高だと。そうして、ああいう写生文なり、写実的なね、非常に象徴の域にまで入った写実が最高だという考えね。それから、そこになにか物を描いても、人生を感じさせるという考えね。物は物だという考えはあまりいけないのだ。物を描いても……。

安部　人生だという。

三島　そう。それはいまでもそうだね。おれの年代以上の、あらゆる日本の文士の頭には、露骨に入っているのではないの、それは。

安部　そういうものかね。僕は無知を誇ってもいいね。そういう知識を持ってもしようがないからな。ただね、きみが言ってる伝統が一つのメトーデだということだけははっきりした。これは筋が通るし、僕もそれには非常に賛成だ。それは一種の戦略だよな。

三島　戦略だ。

作者の中の読者

安部　もう一つ、伝統についての考え方がある。きみはさっき、日本にはメトーデの伝承がない。上だけがつながってきたと言う。たとえば小説にしても、よく普通、作者から作者へこういうふうに系図を作るものだ。文学者、とくに学者はさ。しかしおれは、それは間違いではないかと思う。やはり読者から読者へ伝わっていくのが脈絡ではないかと思う。おれだって、きみだって、書き出すまでは読者だろう。読者としてある脈絡をつかんでいくわけだ。そこから、ある瞬間に作者に転化する。で、その作者は必ず内部で抽象的な読者と対話しているね。この読者の系譜、というものが、僕はやはり、文学史の系譜をたどる場合にも、それを考えなければいけないと思う。

三島　読者の系譜。

安部　読者側の系譜だな。

三島　僕、読者については今度、森鷗外集の解説で書いたが、森鷗外を支持している読者は山の手インテリで、ドイツ的教養主義で、それで、そういうようなドイツ的教養主義を、非常に自分の人生の至上のあれにしていた山の手インテリという、読者層がズーッとあってね、それが森鷗外を支持してきたので、たいへんな尊敬だったよね。それが全部崩壊したら、どうなるかということを書いたのだ。そういう点から、読者層の研究は進んでないよ。ただ僕は、とても面妖不可思議なのは、夏目漱石の読者だね。あれはいったいなんなんだ。ほんとうに不思議だね。中学生からおじいさんまでね。不思議だね。

安部　それがけっこう大きいんだな。

三島　大きいのだね。それが。きみ、それで、読者が多いから、漱石のほうが鷗外より偉いと思うかい？

安部　もちろん思わないよ。しかし、結果として文学史をつくっていくのは、やはり読者なんじゃないかな。

三島　読者はメトーデがあるかね。

安部　いや、意識されたものではない。ただ十九世紀後半にこういう作家があって、こういう影響を受けて、何々イズムが出て、それからシュールレアリスムがどうして、こうしてという、そういう上層の脈絡ではなくて、もっと読者の底を流れている地下水、まあ下水道だな、その流れによってつくられるもの……いわば意識下のメトーデだな。

三島　おれの言っていることで、どうしても理解してもらえないところはね、やはり伝統の問題だけれどもね、僕が頂上から頂上へ伝承されるということは、そういうふうなことを言っているのではないのだよ。つまり「行為者の伝統」ということを言っているのだ。「行動家の伝統」ということを言っているのだ。個体が行動して行動する。その行動の軌跡は、そのときそのときに消えちゃって、そうして最後の一点だけが残る。その最後の一点だけが伝承されるということを言っているのだ。読者は行動する人間ではなくて、僕の考えではだよ、パッシヴな享受者であって、パッシヴな享受者は享受者としてその流れがあるだろう。しかし芸術家なり武道家なりなんなりは、行動家であって、その個体の行動のあげくの頂点でもってつながってるというのだ。それは文学史家がね、たとえばゲーテがどうとかいう、そういうことではないのだ。

安部　しかし、きみにしても、きみが作家になる前は読者だよな。

三島　そうだよ、もちろん。

安部　きみが剣道をする（笑）。剣道をする前は、剣道の一観客だったにすぎない。

三島　そうそう、観客だ。

安部　それがある瞬間において、行為者に飛躍するわけだ。きみは有段者だけど、プロとは言えないが……。

三島　まあ、それはいいよ。小説家にしておけよ。

安部　で、小説家になったから、それでいま、小説家の立場で話しているが、しかし依然としてきみのなかには、小説家に転化する以前の読者が住んでいる。

三島　それはあるね。

安部　その読者が、きみのなかの対話者になって生きている。生き続けている。だから、よく作家は、つまり自分自身のために書くと言ったり、いや、百万の読者のために書くとか、まあ、いろいろ言うが、これは全部嘘で、やはり自分の中の読者と対話していると思うのだ。この読者というのは、抽象的な全人類だよな。だから、きみがさっき、ベストセラーにならなくてもいいと言ったが、やはり抽象的理念においてはベストセラーとか、なんとかではなくて、全人類が読むべきものだ。

三島　そうだよ。

安部　そうでしょう。その、つまりおのれのなかの読者、というものが、僕は、伝承している主体だと思うのだ、作者ではなくて。だからきみが言っているように、出来上った結果を受け継いでいるにしても、その受け継いでいる人間はさ、作者三島ではないのだ。きみの対話者なんだな。だからその対話者がきみであって、作家三島は他者だよ。他人だよ、きみにとっては。

三島　僕は僕自身の作品を絶対にエンジョイできないもの。

安部　それは自己を分裂させた代償だよ。

三島　ただ、きみの論理の構造というのはね、つまりきみ自身のなかにある読者、それはきみの一部分かも知れない。そういうものが読者という観念の、不特定多数人に象徴されるという考えだろう。

安部　そうだそうだ。

三島　そういう考えには、どうしてもついていけないのだ。

安部　ついていけないと言ったって、きみだって、そうでなければ、書けるわけはないと思うよ。

三島　そうかね。僕は、つまり、不特定多数人が僕に象徴されるという考えはとても好きだ、そういう自信はないけれども、そういう考えをもし持っていたら、幸せだと思う。

安部　でも、今度のきみの芝居を読んで、つくづく思ったな、ああ、これは書かされた芝居だ、書いてる芝居ではない。だからいいんだよ。つまりね、作品として自立できる作品って、全部そうだよ。

三島　それは無意識……。

安部　ベトナムあたりに行って、ガチャガチャ書いたものは、書いた作品だよ、あれは。

三島　きみは、それは集合的無意識ということを言うの？

安部　むずかしいことを言うなよ。そういう学術的用語を抜きにしてだな。（笑）

三島　僕は混沌がとてもいやなんだ。つまり、読者とかね。

安部　読者は自己の主体で、作者は客体化された自己なんだよ。

三島　とっても混沌というのは気味が悪いよ。

安部　気味は悪いさ。

三島　もちろんそれがいなければ、本が売れないのだけれども。

安部　いや、そうじゃない。買ってくれないよ、その読者は（笑）。その読者は絶対に買ってくれる読者ではないのだよ。作者三島と対話するだけの、孤独な読者だよ。あんがいそれが本物のきみで、いましゃべっているきみというのは……。

三島 芸術か、一つの。

安部 君はさっき、理屈っぽく、アクションがこうあって、これを取り除いて、選んでと、いかにも意識的に書いているように言うけれども。

三島 そういうふうに書いたんだよ。

安部 信じないね。

三島 書いているところを見せたかったな、それは。(笑)

安部 おれがにらんでたら、きみ、一行も書けないよ(笑)。密室でなければ書けないよ、作家は。

三島 もちろん密室だけれどもね、密室のなかの作業はだね……。

安部 密室というのはどういうことかと言うと、対話だからだよ。そうだろう。

三島 それはそうだ。芝居はそうに決ってる。

安部 小説だって同じさ。やはり三島由紀夫というのは、二人いるのだな。

三島 おれは、だけれどももう、無意識というのはなるたけ信じないようにしているのだ。

安部 信じなくても、いるのだ。

三島　そうか。無意識のなかに精神分析学者なり、精神病医なりが僕のなかに発見するものは、みんな僕が前から知っていると言いたいわけだな。だから無意識というものは、絶対におれにはないのだと……。

安部　そんなバカな。

三島　絶対にないのだから。

安部　そんなむちゃくちゃな。この前の宇宙飛行士のようなことを言う（笑）。おれは宇宙飛行士がしゃくにさわったのだよ。おれが、おまえさん夢見ないかと聞いたのだ。宇宙のなかで寝るわけだよ。どんな夢を見たのかというと、おそらくおれは、地球のなかにいる夢を見たという答えをするだろうと思って言ったのだよ。そうしたら、傲然として、夢なんか見ませんでしたと言うのだな。そんなバカなことがあるわけはないのだよ。ただ夢を忘れただけの話で。

だからしゃくにさわったから、言おうかと思ったが、最新のソ連医学ではね、夢は不可欠な休息の要因であって、体睡眠と脳睡眠とあるのだってね。それでね、つまり両方とも睡眠したら死んじゃうと言うのだ。死なないために、つまり体を完全に弛緩させるために、脳だけ起きているのが夢の状態で、それでバランスをとっている。脳を休めるときには、今度は体のほうをいくらか緊張させるというように、バランスをとってるわけだ。だから夢がなかったら休めない。両方とも眠っちゃったら死んでしまう。

三島　そうか。

安部　それをソ連の医学で発表しているのに、ソ連の宇宙飛行士がおれは夢を見なかったというのは、科学に反するではないか。おそらく党の方針に反するのではないかと思ってね。

三島　除名だ。（笑）

安部　話がこういうふうに飛んじゃっちゃあまずいが、しかし三島くんといえどもだよ……。

三島　駄目だよ。おれは無意識はないよ。

安部　そういう変な冗談を言うなよ（笑）。どうも、結末がつかないな。おれが主導権を取っておれば、結末をつけたけれども取られちゃったから、わからなくなったよ。

三島　まあ、これでいいよ。それで、両方でケンカ別れでおしまい。

安部　そういうことにしよう、絶対に無意識のないものはない、というところで。

三島　どちらを結論にするか、そこが問題だな。（笑）

（「文芸」一九六六年二月）

対談

安部公房
大江健三郎

チェコ 演劇 三島由紀夫

大江　安部さんが文学活動を始められた一九五〇年からいえばすでに四十年です。これは日本の近代文学が始まって三分の一の期間、しかもつねに前衛だからね。

安部　悪いことしたみたいだな。

大江　最初、アヴァンギャルド運動で、演劇や音楽、美術などヨコの芸術との関係を開かれた。考えてみると日本の近代文学の歴史で、白樺派が絵画と関係があったけれど、演劇や音楽と深くは交錯していない。戦後も安部さんたちの運動のあと、あまりありません。僕も同時代の芸術家として武満徹や一柳慧という音楽家や、磯崎新や原広司という建築家と親しくしてもらって、それが大きな意味をもつけれど、安部さんは演劇、映画まで自分で出て行かれた。

安部　まだ反文壇の姿勢が意味をもっていた時代だからね。日本的なアンチ・ロマンの運動かな。でも今は文芸ジャーナリズムが発達して、文壇の権威も崩壊した。まあ、近代化ということでしょうかね。

大江　安部さんは、いま民主化で難しくもある東欧にも早くから旅行されて、独特な視点を持っておられた。ソ連のチェコ侵入のとき、安部さんから朝早く電話がかかってね、二人でチェコ大使館に励ましに行くと、日本語のできる大使館員がうれしそうな、また、とまどった表情をしていた。

安部　そうだったっけ？　彼は、チェコは断固としてソ連に屈しないと記者会見してクビになったけど、つい最近、こんどは大使になって来ているらしいよ。僕がチェコに行ったとき、学生だった彼が通訳で、奥さんは僕の作品を世界で初めて翻訳してくれたんだ。有為転変だね、まったくのところ……。

大江　しかし、あなたの方はつねに安部孤島とでもいうか、ひとり立つ態度を一貫してね。その一方で、演劇をやりチェコともつながっていた。あの国の劇作家で大統領になったハベルとどこか似ているよ。ソ連のＳＦ小説をリードしている人気作家のストルガツキー兄弟。

兄のアルカージーは中世日本文学の専門家でもありますが、安部さんの小説「第四間氷期」を翻訳したのがきっかけでSFに深入りしたといっていた。

この秋にヨーロッパに行きましたが、日本に先だって三島由紀夫ブームでした。三島さんの芝居がやられている。あわせて安部さんの戯曲の話がよく出た。いま思うと、三島さんと安部さんは一番の対立項でしたね。

安部　確かにそう。でも三島君って、変わり者だった。思想と人格が、完全に分離していた。思想は気に入らなかったけど、人格は好きだったな。

大江　あなたのことも好きでしたね。晩年の三島由紀夫は僕は好きじゃなかった。かれは自分自身を、西欧側が日本人に抱く特殊なイメージに徹底してあわせていったと僕は思います。その死までも。そんな態度はアジアのどの国の作家にとっても正しくない。三島の自己表現が、日本文化の本質として受けとめられるのは困ると思う。

安部　そうね、西欧が日本に投影するものに彼がのった、といわれれば「なるほどな」と思います。でも、彼には演技と現実の区別がつかなくなるような不思議なところもあって……。

大江　石川淳さんの会を三島、安部、僕でやりましたね。三島さんと話していると、自分自身に対する一種のアイロニーがありました。いつも太いマユをしかめて笑うようなあの感じが、二十年たつと全部消えている。文学、行動、そしてとくに写真が、一面的な三島像を作ってしまった。日本ですらそうなんだから、外国人にはさらにね。

安部　そう、上手な似顔絵みたいな……。でも三島の美学、僕は嫌いだな。彼との接点は、全部うらがえしになっている。

大江　安部さんの『他人の顔』〔一九六四年九月〕が出た直後に、ニューヨークで会いました。「安部君は最新式の技術と部品と、それに古いガラクタもあれこれ集めて、ものすごく大きな戦車を作る。さあできた、といって動いた瞬間ゴトンとエンコして小説は終わる」といってね、例の大笑い。安部さんが独特の理念とイメージをふくらませて、大きな全体を、安部世界をつくりあげる。それに対する敬意と閉口こもごもの批判でした。

安部　うん、なかなか品格のある否定だよね。彼は実際に右翼革命がくると信じていたようです。こう僕にいうんだ。「君はよく食べるね。いざとなったら、君を許すわけにはいかないが、おれの家の地下が一番安全だから、そこにかくまってやるよ。だけど、たくさん食べると困るから、今から食事を減らす練習をしておけ」って（笑）。なかば本気みたいだった。無邪気なところがあったよね。自慢の剣道も、試合しようっていうと真剣じゃなきゃいやだって、本当は弱かったんじゃないかな。でも、そんなことをおたがい笑って話しあえる、自分自身をパロディー化する愉快な精神があったのに、なぜ作品には出せなかったのか。

大江　『奔馬』の右翼青年とインテリの対話も、アイロニーの表情さえ見せれば、ひっくり返るのに、三島さんはそうしないんだね。

安部　彼の芝居も、裏からみれば面白い芝居になるのにな。彼は古典的構造といったものを信じていたらしいけど、僕は、逆に、構造が全部抜けた、テントみたいなものから考えるのがすきなんです。

大江　フランス中心の、ポスト構造主義の言語論で「脱臼する」という表現がよく使われた。正統的な論理のつなぎめをはずして、考え方を更新することですが、それは確かに支柱をはずしたテントだなあ。

戯曲を見ると、三島さんと安部さんのレトリックと論理は全く違う。「サド侯爵夫人」はレトリックでつないでいく。「友達」はレトリックを「脱臼させて」、裸の論理を組み立てる。それがこっけいに奇怪に思いがけない新しい展望をひらく。

安部　うーん、論理というより、ただの断片だろ。構図を作る前の断片。解釈以前の物自体……。

大江　すでにある解釈なり文脈なりをうち壊す。それをつくりかえることがイマジネーションの働きだとガストン・バシュラールはいっていますね。安部さんの断片というのは、そうして壊したものなんだろうな。レヴィ＝ストロースの神話素のようなもの。神話や物語になる以前の、根本的に重要な、世界の基本要素であるような断片。

安部　ウサギの一筆がきなんか、単なる線なのに、ウサギにみえる。あれを文章で、たとえばロブ゠グリエ風に、紙の上に線が何センチ、どの角度で進むとか書いたって、なかなかウサギとはわかってもらえない。でもああいう方法、嫌いじゃないんだよ。どっちが正しいかといわれたら困ってしまう。自分に忠実であろうとすると、その動揺を書く以外なくなる。

共同体　マルケス　小説

大江　動揺ねえ、たまたま僕はいまイェーツの「動揺」、揺れ動くという詩を中心に小説を書こうとしています。ある決まった世界と人間の解釈でなく、揺れ動くところを書きたい。

安部　その揺れ動きが、書くということなんだろうね。

大江　『万延元年のフットボール』を出したとき、安部さんは認めてくださった上で、しかし大江が共同体というようなものを信じているとするならば、自分の敵だと警告しておくと書かれた。あのときはよくわからなかったことが、いまはよく分かる気がしています。

安部　そんなひどいこと言った記憶はないけどな。ただ、共同体って一つの傾向というか、とにかく共同体の悪口いうと怒る人たちのグループ。

大江　現在のこの国の社会もそれでなりたっているかも知れない。取りこむか、排除するか。

安部　葬式なんか行くと、つい笑いたくなる。嘲笑じゃないよ。神妙にするルール、おかしいと思えばあれくらいおかしいことはないでしょう。どっちみち死んで焼かれれば炭酸カルシウムになるだけのことだから、情緒はいらないのに。

大江　変な人だなあ（笑）。僕は炭酸カルシウムにたいする情緒のことが文学だと思ってきたけれど（笑）。炭酸カルシウムだという認識は認識として、情緒もそこに加えてみようというのが人間の工夫ではないのかと思っています。

安部　ははは。（笑）

大江　ガルシア＝マルケスが来日して、きょう安部さんと会うという日にね、僕も会いました。『百年の孤独』には、家と共同体と禁忌と敵にたいする攻撃と、多様に引っくり返されてうまく表現されていますね。

安部　彼はそういう共同体の原理の効用を熟知しているだけで、本当に許容しているわけじゃない、と思う。だれも信じないのに、夜に巨大な船が来るって子供が信じていると、本当に船が来て村が完全に壊されちゃう短編。あれは怖い話だ。

大江　僕が長編小説を始められないでいることをいうと、「小説は、どのように物語っていくかということだけ発見すれば、もう書けるんだ」といってね。『百年の孤独』を書き始めた時も、祖母が自分に話しかける語り方しかわかっていなかったって。

安部　小説家のいうことなんか信用しちゃだめだよ。（笑）
大江　自分の自作解説でよくわかっているんだがな。（笑）
安部　僕はあの小説、ジプシーのくれた本の中にすべてが書いてあったという最後の構図を、まず思いついたんじゃないかと思う。あの箱の中の箱みたいな構図ね。嫉妬感を感じさせるほど巧妙だよ。君だってやはり、そういう仕掛けを見付けたいと思うでしょう。
大江　僕が見付けたと思うのはね、『万延元年のフットボール』の仕掛け。ひいおじいさんの弟が、世界中の旅先から手紙をよこすけれど、実は蔵屋敷の地下室にとじこもって生きた、ということがわかって終わる。
安部　マルケスって、メリメふうのところがあるね。学識の枠に、この枠にはこの絵が合うって調子で、物語の場所を作ってしまう。
大江　安部さんは他のどんな作家に、本当の興味がある。
安部　やっぱりカフカかな。マルケスもカフカから来ていると思う。彼にそういったら喜んでいた。『審判』かなにか読んだら、翌朝目覚めて、私は小説家になっていたって。
大江　初めて聞いた。マルケスは僕にはね、ラブレーを読み終わったら小説家になったって。よく相手の好みをみぬくなあ（笑）。彼にはそうしていつまでも若々しく動いているところがあって、いいね。

僕も三十年間小説を書いてきたから、そろそろ締めくくる方向に行きたいと思います。

安部　僕はこれからますます方向のない小説を書きたい。書くものの意味が事前には分かっていないものを。

大江　書く作業の中に、書き手の意識を超えるものはあるんでしょうか。

安部　ありますね。作品自体に存在する力があれば、意味なんて放棄してもいい。

大江　変な職業だなあ、小説家というのも。それこそ小説的なものをとぎすましてゆくと、読者を制限してしまうものねえ。読まれたいとねがって書いていながら。

クレオール　言語　国家

大江　安部さんはいつも自分だけの宿題をといているんだけど、このところはクレオールでしょう。

安部　僕が関心を持っているクレオールは、一般に使われている「現地風」というのとはかなり違います。ハワイ大学の言語学者デレック・ビッカートンによって規定された、言語学上の厳密な概念で、あいにくまだ市民権を得たとは言えないかもしれない。でも面白いな。今後、歴史や文化を考えるうえで、欠かすことのできない重要な鍵になるんじゃないかな。

簡単に言うと、たとえばハワイ・クレオール、あれは原住民のポリネシア語とは全く無関係で、サトウキビ農園の労働者として入植した連中、主にアジア人の、それも二世が創りだした特殊な言語なんです。親の一世が使っていたのは、ピジン（文法は所属集団のもので、語彙は英語などからの借用）語。これは異民族が接触するバザール用語、もしくは占領軍の基地周辺で売春婦が発明するインスタント語などで代表される、実用語。すぐに形成されるが、すぐに消滅してしまう。それに対して、クレオールはいったん固定されてしまうと、めったなことでは壊れない。ピジンは一代限りだけどクレオールは何世代にもわたって受け継がれる。新しい言語の創成なんだね。だからピジン世代には、二世のクレオール語が全く理解出来ない。

大江　そして、二世も一世の言葉を理解しない。

安部　そうなんだ。言語にこれほどの断絶と創造があるなんて思ってもいなかったから、ビッカートンを読んだときには愕然とさせられた。こういう学習によらない言語形成がある以上、言語能力を遺伝子レベルのプログラムだと認めるしかないじゃないですか。すでにチョムスキーが生成文法で暗示したり、ローレンツが刷り込み理論なんかで予見していた考え方を、ビッカートンが実証したわけだ。

大江　先生はいなかった。

安部　そう、僕の憶測だけど、子供だけのコロニーの形成がクレオール誕生の条件なんじゃないかな。親はサトウキビ農場でふらふらになるまで働かされ、帰ればセックスして寝るだけ。子供は邪魔者。外にいるほうがいい。そこで子供たちは勝手にコロニーをつくり、親の言葉を話さなくなり、新しい言葉を創る。ローレンツ流に言えば、遺伝子プログラムの解発だな。この考え方を、文化全体に広げてみると、ずいぶん刺激的な視野が開けてくる。伝統や学習主義では見えなかったものが見えてくる。

大江　「集団的無意識」っていうことをね、ユングの弟子たちが、大きい地盤とそこから伸びた山に喩える。個として突出部分は分化しているが、その底には共通の意識があると。それをクレオールや身ぶり、行動の原型と置き換えるとすると、僕にも納得できます。つまり、DNAにその基盤のプログラムがあり、僕達、個はそれを解くために働いている。ついにプログラムが鍵でパチンと開けば、「文化」がすべて目の前にあらわれて、人間の歴史は終わるんじゃないですか。

安部　歴史に終わりはないでしょう、DNA自身がプログラムの一つの解なんだから。

大江　この秋ドイツに行って、ギュンター・グラスに会いました。彼は、壁が崩れたのは革命だが、両ドイツの統一はゆっくりやれと主張してきました。共通の言語をもった両ドイツは、国家として早急に一つにならなくても、おたがいが、国家を超えた共通性をもつ「文化国民」として、ヨーロッパの和解のために共同して行動しうる、というものです。ドイツ民族の国家のかわりに、「文化国民」としてつながること。安部さんは、国家・民族・文化にかさねて、共同体というものを考えますか。

安部　考えたくないな。僕だって、戦争が終わって引き揚げてくるとき、収容所でできた、生命をまもるための共同体を経験している。でも、実に非生産的なものですね、共同体って。あれは義理だけだ。

大江　安部さんは、国家、民族にはもちろんのこと、文化的共同体にも義理を感じないわけ。

安部　そんな義理よりは、クレオールの可能性にひかれます。解発される機会を待ちながら、DNAの中で眠っている文化の可能性。でも、現存しているハワイのクレオールだって、英語圏の白人達はその存在すら認めたがらないんだ。たしか去年、ハワイの州議会でクレオールを教育に使っている学校には補助金をださないという決議がなされて、かなりの騒ぎになっているらしいよ。白人にとって、クレオールはあくまでも教養を欠いた汚い英語にすぎないんだな。確かに便宜上、語彙は英語を多用している。でも文法はまったく別物なんだ。ハワイのクレオール系市民のほとんどが、二重言語生活に甘んじているらしいね。民族差別は、こういう場所にもひそんでいるんだ。

大江　言語論のような原理から始まって、日本的な生活感情などは受けつけないで進めて、そして現実の社会状況と結ぶんだね。本当に安部さんらしいなあ、いつまでも。

ＳＦ　分子生物学　意思

大江　僕はこの前近未来ＳＦをやってみました。『治療塔』というんですが。ＳＦの専門家にはね、優しくあしらわれただけだったけれど。

安部　あれ？　あれはＳＦとは思わなかった。

大江　やはりそうなんだなあ。うまくいかないところがあるんですよ。科学の知識がないから。

安部　いやかえってある人にはＳＦは書けない。もっと無い方がよかったんだ（笑）。

大江　あはは。近未来の家庭小説で科学小説でないと批判されたので、奮起してね、「治療塔惑星」を計画しています。少しはＳＦらしくしたい。安部さんは日本で初めて文学として高い科学小説を書かれた。宇宙についても、ミクロの科学についても、いつも面白い発想をされますね。

安部　最近の分子生物学の発展には、一般的な技術論じゃなく、なにか人間の思考を根底からくつがえすものがあるような気がしています。とくに進化論の中立説ってやつ。種の存続の意志も、実は遺伝子の自己再生と存続の意志だとなると、個体も、個人の生存の意志も、遺伝子の一つの傾向というか、一つの流れの結果にすぎないことになって……。

キミ、気持ち悪いけど、遺伝子が自分自身を自覚するまで成長してきたのが、意識なんだよ。

大江　今の、現在の意識ね。僕などはこの意識だけは自分個人のもの、と考えるのに慣れているけれど。

安部　遺伝子が遺伝子を見て、遺伝子だと認識した瞬間「意識」の一番正式な定義が可能になるわけだ。世の中のすべての思想も意思も相対化され、たいした問題じゃなくなる。

大江　安部さんの語り方で完結していると思いますが、僕も似たことを考えたことがあるんです。運動会で赤白二組に分かれてね、頭の上でボールを順送りするゲームがあるでしょう。僕らはこのゲームのように、人間の歴史においてね、過去から来て未来につながるものを自分も一つ送ろうとしているのが生きることだと思っていた。ところがね、実はボールが中心だった。遺伝子というボールが僕らの行列を動かしていた。それならば、個人は遺伝子の保存箱にすぎない。さらにその遺伝子が「ここに遺伝子がある」ということを発見してしまうと、世界は終わりということなのか。

安部　いや、締めくくりというか、意識にとっては、むしろスタートかもしれないけど。

大江　ああ、そうか。新しい希望もありうるのか。

安部　つまり、僕らは、今までの考える方法を放棄せざるを得ず、再構築しなければならない。だったらスタートでしょうね。とにかくＤＮＡは生きのびたがっているんだよ。個人の願望を借りてでもね。それが偶然の一構造にすぎないとしても、とにかくそうなんだ。だから公害問題だってＤＮＡは環境に一番弱いから、個体の破滅を個体に意識させることによってＤＮＡ自身が破滅から逃れようとしている。そう考えると、変な気がしてくるけど……。

大江　安部さんらしい、ニヒルな着想のようで肯定的な着想なんだね。宇宙からの警告というＳＦは多いけれど、ＤＮＡが自己言及して警告するのは安部さんらしい。しかもＤＮＡが小説の人物のように感じられる話し方だしなあ。

安部　がんのことを考えても、ＤＮＡの障害なんだろうが、それにやっと人間が気づいた。それを克服しようというのは、遺伝子自身による構造の存続の意志と考えるべきだろうね。あらゆる科学や思想を、ある意味では全部ご破算にして、再構成しないと現実が見えない時期にきているんじゃないか。

大江　シェークスピアも、モーツァルトも、フォークナーもＤＮＡの自己実現のために働いただけだとなると、僕はペシミスティックな気持ちにもなりますが（笑）。ところがそういう認識を大きい希望への出発点として考えるところに、やはり安部さん独自の、奇っ怪としかいいようのないオプティミズムがあるんだろうね。

安部　どうせなら平常心と言ってほしかったな。どうあがいても、というような感じもあるけど。いま進化論は、楽観論か悲観論かわからない。ダーウィンの進化論なら適者生存というか、まだ夢がある。でも、進化の中立論でいうと、突然変異の九〇パーセントはただの偶然で、進化にとってほとんど意味のないものらしいから。

大江　この前、大腸菌によるＤＮＡの実験の話を聞いた。僕の理解では、大腸菌を極小の単位にきってつなぐ、すばらしく有効なものを一つだけ達成する。それが実験の仕方らしい。そうすると他のメチャクチャに切られ、つながれたものはどうなったのか。そいつらは復讐しないか。しかし恐ろしいことに、そういう作業が自然の過程でも行われているんですね。いいもの一つと、無数の悪いもの。

安部　悪いものじゃなく、無意味なものでしょう。だいたいにおいて、我々は無数のどうでもいいものの中に入っちゃうわけですよ。なるべく肩肘張らずにいきたいな。

（「朝日新聞」夕刊、一九九〇年十二月十七～十九日）

解説

阿部公彦

三島由紀夫、安部公房、大江健三郎――この作家たちを同じような気分で愛読する、という人はどれだけいるだろう。三人は同世代の中でも群を抜いた才能を備え、国際的な評価も高かったが、それぞれの個性もまた強烈で、作風も、政治性も、人柄も大きく異なっていた。しかし、興味深いことにこの三人はお互いを認め合い、動きの多い文壇の中で交友を保った。彼らはお互いをどう読み、どう評価したのだろう。そして、どう付き合ったのだろう。

本書に収められた鼎談や対談は、そんな興味尽きぬ問いに期待以上に答えてくれる。彼らのやり取りを読むだけで、さながら舞台上の俳優のように人物の像は鮮明になり、三人の間の距離間や、社会や他の作家に対する姿勢が見えてくる。三人揃った鼎談に加え、三島×大江、三島×公房、大江×公房というふうに総当たり戦の様相で対話が収録されているのも貴重だ。そこにいない「もう一人」を他の二人がどう語るかも、要注目である。

もちろん、拮抗と緊張はある。何しろ、この三人である。それをよく示すのは、三島が亡くなって二〇年ほどたった一九九〇年に安部公房と大江健三郎が行った対談での、次のようなやり取りである。

大江　（前略）この秋にヨーロッパに行きましたが、日本に先だって三島由紀夫ブームでした。三島さんの芝居がやられている。あわせて安部さんの戯曲の話がよく出た。いま思うと、三島さんと安部さんは一番の対立項でしたね。

安部　確かにそう。でも三島君って、変わり者だった。思想と人格が、完全に分離していた。思想は気に入らなかったけど、人格は好きだったな。

大江　あなたのことも好きでしたね。晩年の三島由紀夫は僕は好きじゃなかった。かれは自分自身を、西欧側が日本人に抱く特殊なイメージに徹底してあわせていったと僕は思います。

三島の割腹自殺からは時間がたっていた。安部や大江の三島からの一定の距離は、明らかに三島の晩年の右傾化と、壮絶な最期に対する違和感から来ている。しかし、安部が「思想と人格が、完全に分離していた。思想は気に入らなかったけど、人格は好きだったな」と上手に言い分けているように、三島という人物には、その思想を離れた不思議な魅力があった。三島は社交的で、機知に富み、ときにはやさしく、ときには辛辣で、目の前の相手との関係性を実におもしろく盛り上げることができる人だった。相手を突っついたり転がしたりしながら、敬意もきちんと示し、上手に共通の敵をつくったりしながら、同胞意識を高める。巧みな人心掌握である。しかも話の内容はいたって明晰なのだ。

孤高のスタンスは三人に共通していたが、安部や大江は政治思想的に三島との違いがはっきりしていった。にもかかわらず、三島の前ではこの二人はガードを解いてしまったようにも見える。

本書の巻頭に置かれた鼎談「文学者とは」が行われたのは、一九五八年九月一六日のことだった。デビュー間もない大江健三郎は二三歳、安部公房は三四歳、そして三島由起夫は三三歳である。大江はいかにも若々しく、かつ明らかに緊張している。そんな新進作家と比べて、さほど老いているとは言えない二人が、いかにも先輩的に振る舞っているのは微笑ましい。と同時に、探りをいれるように質問をつづける三島と安部が、この大江に一目置いているのもよくわかる。

鼎談の雰囲気をよく表しているのは、冒頭のやり取りだろう。

三島　大江さん、最初に小説らしいものを書いたのはいつ？
大江　原稿紙に書くようになったのは去年のはじめ。
三島　その前ちっとも書いたことはない？
大江　ほとんど書かなかった。
安部　その前は？
大江　高等学校のころは受験勉強だけしていたな。
三島　あなたはよくウソをつくというけど、ほんとだね。（笑）

ああ、三島はうまいなあと思う。こんなふうに攻め込まれたら新人作家は一層かたくなになるだろう。これに対し三島はどんどん挑発的になり、いかにも彼らしい既成文壇への意識を示しはじめる。「大江さんに聞きたいのは、安部さんやぼくと、たとえば石川達三さんなり舟橋さんなんかと、どういうイメージの差があるかということだよ」。

この年、一九〇四年生まれの舟橋聖一は五四歳、一九〇五年生まれの石川は五三歳となる。この時代だからもう大御所とも言えるし、過去の人になりつつあるとも言える。これに対する大江の答えがふるっていた。「イメージの差はすこしもないな。（笑）」。半ば冗談かもしれないが、二人ともこれにはのけぞってしまう。「めちゃくちゃだね。(笑)」(安部)。「なるほど、それはおもしろいじゃないか」(三島)。

その上で三島は「つまり舟橋さんや石川さんは、その作品を尊敬するとかしないとかいうことは別問題として、やはりわれわれとはちがう人種で、鳥にすれば何とか目という目《もく》くらいのちがいがあるような気がする」と、いかにも三島らしい几帳面さで話をまとめにかかり、このあと、話題は「既成文壇」から「運動」へと移る。三島も安部も演劇と接点があり、そこに「運動」的なものの可能性を見ていたが、これに対しまだ大学のフランス文学科に籍があった大江は、素直にアカデミズムや大学的サロンの存在感を受け止めていた。

これもまた三島は我慢ならない。「だって、大学の学生って数が多いでしょう。まったくの寄り集まりで、自分だけ悧巧《りこう》だと思っていればいいけど、バカが多いからね。大江さん、その中に入っていて、みんなバカだと思うでしょう」大江は終始、学問に対する敬意を保ちつづけたが、そんな大江に対し三島がどんどん挑発的になる。「学問はいくらできても、バカはバカですよ。大学教授になったって、バカは治るものじゃない」

話題は自然、批評家と作家の関係へと移り、ここでも三島節が展開する。「三好達治の詩にこういうのがある。詩人が犬を連れて歩いていると、傍の池へポトンと小石が落ちる、犬が吠える、そうすると詩人が犬をなだめて、「気にするな、あれが批評というものだよ」という」。そして、デビューしてすぐは批評家に叩かれると気になるかもしれないけれど、だんだん気にならなくなるといったことを大江に言う。まさに先輩ならではのアドバイスだ。

小説家と社会との関係になると、三人の話はいよいよ抽象的領域に踏みこみ、かみ合っているのかどうかはっきりしなくなってくるが、大江が「ぼくはファシストという概念を日本の文学で思い浮べるとすれば、やはり三島由紀夫氏だ」と宣言して、お互いのファシスト性を暴き始めるという段になると、場がすっかり和んだようでもあるし、煮詰まってしまったようにも見える。とはいえ、この後に起きた事件を考えると示唆的な発言もあるので、読み応えは最後までたっぷりだ。


その他の「総当たり戦」の対談は、やや時代が隔たった一九九〇年の「対談」をのぞけば六〇年代のごく短期間に集中して行われている。三島と大江による「現代作家はかく考える」は一九六四年。三島が「一箇所ピカッと光るもの」こそが小説では大事だとこだわるのに対し、大江が反対意見を述べつづけるあたり、二人の創作姿勢の違いとも相まって非常におもしろく、「その人の顔に決闘の傷跡のある作家は作家と認める」(三島)などという台詞を吐けてしまう作家がかつていたことを確認できるのも有益だ。

安部と大江による「短編小説の可能性」は一九六五年。豊富な用例をあげながら短編小説が社会に対しても持つ起爆剤のような役割について安部と大江が意気投合する。アイロニカルな社交家・三島がいないときの二人の座談が意外なほどまじめな求心性を持つのは興味深い。

たっぷり時間をかけて行われた一九六六年の三島と安部の対談「二十世紀の文学」では、性の問題から始まり、三島による巧みなヒューマニズムと実存主義の対置から現代にも通ずる他者か隣人かというテーマに話が展開し、作家と行動について語られる。国際社会や外国の作家・思想家に対する意識の強さも目につく。

大江も含めて、彼らがすでに世界文学の舞台に立っていたことは、話題になる名前をあげるだけでわかるだろう。フロイト、ユング、フロムから、ジョイス、ヘンリー・ミラー、ベケット、イオネスコ、ノーマン・メイラー、ガルシア＝マルケス、ギュンター・グラス、フローベール、トーマス・マン、プルースト……。三島や安部が候補として取り沙汰され、一九九四年、大江が受賞することになるノーベル文学賞は指標のひとつにすぎないとも言える。つい数十年前、文学のエネルギーがこうした対話から生まれていた時代があったのだと少なからぬ感慨をおぼえる。

（あべ・まさひこ　英文学者、文芸評論家）

編集付記

一、本書は安部公房、三島由紀夫、大江健三郎の鼎談・対談全五編を発表年代順に初めて集成したものである。
一、初出は各編末を参照。底本は以下の全集を使用し、必要に応じて初刊本等を参照した。
文学者とは…『安部公房全集 9』一九九八年、新潮社
現代作家はかく考える…『決定版 三島由紀夫全集 39』二〇〇四年、新潮社
短編小説の可能性…『安部公房全集 19』一九九九年、新潮社
二十世紀の文学…『安部公房全集 20』一九九九年、新潮社
対談…『安部公房全集 29』二〇〇〇年、新潮社
一、底本中、明らかな誤植と考えられる箇所は訂正した。表記のゆれは最低限整えたが、各編内での統一を基本とした。雑誌名・作品名・戯曲・映画等は「 」とし、書名・長編作品名は『 』とした。本文中の〔 〕は編集部による注記である。
一、本文中、今日の人権意識に照らして不適切な語句や表現が見られるが、話者が故人であること、刊行当時の時代背景と作品の文化的価値を考慮して、底本のままとした。

安部公房

1924年、東京生まれ。少年期を満州で過ごす。東京大学医学部卒業。48年「終りし道の標べに」で作家デビュー。小説のみならず、演劇・映画など幅広く活動した。主な著書に『壁』（芥川賞）『砂の女』（読売文学賞）「友達」（戯曲・谷崎潤一郎賞）「緑色のストッキング」（戯曲・読売文学賞）など。93年死去。

三島由紀夫

1925年、東京生まれ。東京大学法学部卒業。10代前半から小説を発表し、44年『花ざかりの森』を刊行。47年大蔵省に入り翌年退官。主な著書に『潮騒』（新潮社文学賞）『白蟻の巣』（岸田演劇賞）『金閣寺』（読売文学賞）『絹と明察』（毎日芸術賞）など。68年「楯の会」を結成し、70年自衛隊市ヶ谷駐屯地で自決。

大江健三郎

1935年、愛媛県生まれ。東京大学文学部仏文科卒業。在学中の57年、「奇妙な仕事」で作家デビュー。94年にノーベル文学賞を受賞。主な著書に『飼育』（芥川賞）『個人的な体験』（新潮社文学賞）『万延元年のフットボール』（谷崎潤一郎賞）『洪水はわが魂に及び』（野間文芸賞）など。2023年死去。

協力：Abe Kobo Official through Japan UNI Agency, INC.

文学者《ぶんがくしゃ》とは何《なに》か

2024年12月10日　初版発行

著　者　安《あ》部《べ》 公《こう》房《ぼう》
三島由紀夫《みしまゆきお》
大江健三郎《おおえけんざぶろう》

発行者　安 部 順 一

発行所　中央公論新社
〒100-8152　東京都千代田区大手町1-7-1
電話　販売 03-5299-1730　編集 03-5299-1740
URL https://www.chuko.co.jp/

DTP　ハンズ・ミケ
印　刷　TOPPANクロレ
製　本　大口製本印刷

Published by CHUOKORON-SHINSHA, INC.
Printed in Japan　ISBN978-4-12-005859-2 C0095

中央公論新社の本

同じ年に生まれて
音楽、文学が僕らをつくった
小澤征爾
大江健三郎
中公文庫

三島由紀夫 石原慎太郎 全対話
三島由紀夫
石原慎太郎
中公文庫

小林秀雄 江藤淳 全対話
小林秀雄
江藤　淳
中公文庫

吉本隆明 江藤淳 全対話
吉本隆明
江藤　淳
中公文庫

大江健三郎 江藤淳 全対話
大江健三郎
江藤　淳
単行本